LA BURLE

Paul Perrève est né le 8 juillet 1930 à Lyon (2e).
Grand-père maternel médecin de campagne en Lozère à Villefort.
Ecole primaire dont une année à la campagne en 1940.
En 1944 réfugié six mois chez des paysans après bombardement de maison; employé comme berger.
Etudes secondaires au lycée Ampère puis au lycée du Parc à Lyon. P.C.B. après bac sciences-expérimentales et faculté de médecine de Lyon à partir de 1950.
Concours d'externat des Hôpitaux de Lyon en 1953.
Une première année de pédiatrie.
Marié en 1955. Quatre enfants (trois filles et un garçon) dont trois nés en Ardèche.
Après divers remplacements de médecins de campagne et aux mines de Moselle, installation en 1959 dans un chef-lieu de Haute-Ardèche. Pendant cette période : élection au Conseil général de l'Ardèche en 1961, élection au Conseil municipal du chef-lieu en 1965, participation à l'animation locale. Président de la Société de pêche, président de la Maison des Jeunes, etc. Création d'une troupe théâtrale avec les jeunes du village, participation en qualité d'acteur aux spectacles du « Théâtre d'été » mis en place par des troupes de Saint-Etienne ou de Saint-Chamond.
Quitte l'Ardèche en juillet 1970.
Depuis, médecin du travail à Roanne (Rhône-Poulenc; Michelin...).

La Haute-Ardèche : un pays de montagnes, l'un des plus beaux de France, mais l'un des plus rudes, qui vit au rythme de la burle, ce vent vif et glacé qui balaie les hautes terres. La burle donc, que les gens de là-haut connaissent, mais pas l'étranger. C'est à son rythme que Paul Perrève, médecin de campagne, vécut lui aussi pendant douze ans, allant de ferme en ferme, de village en village, découvrant, dans ces hameaux des écarts, la vie paysanne, sa misère, misère des corps, misère des âmes. Aujourd'hui, il raconte ce que veut dire, là-bas, naître, vivre et mourir.

(Suite au verso.)

Son livre n'est pourtant pas seulement un témoignage bouleversant sur ces oubliés de l'opulence, il est également un document précieux sur la médecine de campagne. Dans un exposé aussi vivant que savoureux, il nous initie aux innombrables aléas de ce métier précaire, de cet art souvent épuisant : les urgences dans le froid et la neige, une femme qui accouche, un enfant en pleine nuit à sauver, mais aussi les consultations les jours de marché, les gestes quotidiens de la terre. Ces paysans, il les a connus, il les a aimés. Pour lui, le docteur, comme pour le curé, leurs portes se sont entrouvertes.

PAUL PERRÈVE

La Burle

AVEC LA COLLABORATION DE
SYLVAIN FOURCASSIÉ

J.-C. LATTÈS

A tous les braves gens
de Saint-Sébastien.

A Georges et Margareth.

I

« PAUL..., accouchement... Mme Mandon... Arlerès... »

Assise au bord du lit, ma femme raccroche le téléphone. Elle a, depuis des années, la délicatesse d'atténuer la cruauté de l'appel nocturne en n'allumant pas. C'est toujours elle qui répond.

Peine perdue, elle repose le combiné sur le réveil qui se fracasse sur le plancher et hurle.

De ma brume, j'entends la voix de Marie qui réitère, un ton au-dessus mais toujours douce :

« Paul... Mme Mandon..., c'est pour ce soir. »

La voix de Marie, à cet instant, c'est l'enfer qui me fait un clin d'œil. Ma tête gît encore sous l'oreiller où elle a plongé dès que la sonnerie a retenti. Je suis abasourdi.

Marie a enfilé sa robe de chambre. Elle descend à la cuisine réchauffer le café sans me laisser le temps de lui manifester mon dépit. A ces moments-là, c'est toujours elle qui prend.

« C'est de ta faute... Je n'y vais pas. »

Il est clair qu'elle est entièrement responsable des velléités d'enfantement des femmes du monde entier. Et même d'ailleurs, s'il y a lieu.

L'éternité m'appelle sous les couvertures. Je m'y enfouis... pour en ressortir aussitôt.

Un accouchement, c'est le pire des pépins. Pas seulement parce que dehors la burle souffle en bourrasque et forme des congères sur la route. Pas seulement parce qu'il y a de fortes chances que j'y passe le reste de la nuit et que je n'ai dormi qu'une heure.

Un accouchement, là-haut, à Arlerès, pour les Mandon, c'est une bouche supplémentaire qui s'annonce. Et ce n'est pas rien. Pour moi, c'est la *peur*. La peur absolue. J'essaie comme je peux de la conjurer dans la fébrilité de mes gestes en m'habillant. Ne pas penser. La hantise de l'hémorragie qui me vide ma bonne femme en deux temps trois mouvements. Toujours la même angoisse. On peut toujours appeler au secours dans ce coin perdu, en pleine nuit. Qui diable m'épaulera si jamais le rejeton ne passe pas ? et si le placenta ne vient pas ? C'est toujours angoissant d'aller secourir des gens quand la nuit est tombée. On se sent plus seul, plus vulnérable. La nuit est un verre grossissant. La nuit fait peur au malade. La nuit fait peur aux familles. Se doutent-ils de quelque chose lorsqu'ils voient débarquer à cent à l'heure cette forme agitée qui s'extirpe de la voiture ? J'ai la vanité de croire que le masque est de bonne qualité : je n'en suis plus à mon coup d'essai. Il est vrai que le sort a le plus souvent été de mon côté. Mais, j'ai beau me le chanter sur tous les tons, je n'y peux rien : la peur, on ne s'y fait pas.

Je m'habille comme un automate. Sur le tapis, le réveil me nargue. Onze heures et demie... Je jette un dernier regard vers le lit et je descends rejoindre Marie dans la cuisine.

« C'est Ponson, le voisin des Mandon, qui a appelé. D'après lui, c'est bien avancé », me dit-elle.

Le messager, en pareille occasion, c'est toujours le voisin, jamais le mari. Le mari, lui, se doit d'assister son épouse du début à la fin de l'opération.

Le café achève de me secouer, mais mon humeur massacrante persiste :

« Tu t'en balances, toi... On voit bien que c'est pas toi qui pars ! »

Depuis le temps, Marie ne réagit plus à mes terreurs nocturnes et à leurs inévitables excès.

Lesté de ma serviette et de la valise à forceps, je fonce dans les ténèbres vers la voiture, sous la neige qui me gifle le visage. Je m'engouffre dans l'habitacle après avoir grattouillé le pare-brise de la main.

Arlerès... Pas la peine de mettre le chauffage..., d'autant qu'avec cette saleté d'essuie-glace je suis condamné à conduire la fenêtre ouverte... Mais quand aurai-le temps de penser à faire réparer cette voiture qui me lâche de partout ? Mes doigts se crispent sur la clef glacée..., le moteur répond aussitôt. Si tout va bien, j'y serai avant minuit.

Par cette neige, la grand-rue de Saint-Sébastien, avec sa pâle loupiote qui lèche la façade grise du presbytère, est des plus sinistres. Pas un chat dehors, bien entendu. Qu'est-ce qu'on se gèle dans cette voiture ! Bah ! je fais un rude métier..., autant le faire rudement... Décidément, ce soir, même l'ironie n'accroche pas. Je descends la rue en seconde. Coup de frein brusque pour tester à quel stade de son évolution vers la patinoire en est la chaussée... La voiture se met légèrement en travers. Ça ira pour le moment.

Au passage, je constate que le *club des hiboux* est toujours d'attaque. Les hiboux, comme je les appelle, ce sont les trois personnes dont les fenêtres sont encore lumineuses passé onze heures du soir. Adrien, le vieux garçon, doit être plongé dans ses bouquins d'histoire. Un peu plus bas, cette pièce faiblement éclairée abrite les insomnies de notre secrétaire de mairie, laquelle répond au doux surnom de *la Guêpe*; celle-là, c'est celle de la grand-mère Morfin. A quatre-vingt-dix ans passés, elle attend encore son mari, de jour comme de nuit. Le pauvre bougre nous a quittés au Chemin des Dames, ça fait un demi-siècle. Sûr qu'ils m'ont reconnu, mes hiboux. D'ailleurs, la voiture du « médichi », tout le monde la reconnaît au village, rien qu'à la plainte du moteur. Pauvre voiture! A croire qu'il y a le feu quelque part quand je suis au volant!

Je tourne à gauche devant la bascule. Saint-Sébastien n'est pas un grand village – il s'en faut – mais, une fois les dernières maisons derrière soi, on se rend compte que, malgré tout, c'est la civilisation à laquelle on tourne le dos. Devant moi : les ténèbres. Et la neige qui tourbillonne sous les phares.

Si cette burle n'arrête pas, les congères ne vont pas tarder à se former. Bientôt, la route disparaîtra par endroits. Ça promet pour le retour... Je n'en suis malheureusement pas là. La technique, avec les congères : foncer. Foncer sans se soucier du ravin ou de la murette qui borde la route. Il faut passer avant tout. La voiture se met à chasser de l'arrière, perd de la vitesse, repart..., c'est gagné! Avec l'habitude, un peu de courage et beaucoup d'inconscience, on arrive à s'en sortir. D'autres fois, rien à faire; la voiture vient s'immobiliser contre le monticule de neige. Dans ce cas, la première opération, c'est d'enclencher la marche arrière pour prendre de l'élan et renouveler la tentative. Mais bien souvent on ne peut même pas reculer. Alors, il n'y a plus qu'à prendre la pelle pour essayer de dégager le châssis, ensuite s'attaquer à la congère de façon à libérer un passage aux roues. En fait, un moment quasiment idyllique, sauf lorsque la burle s'en mêle : à mesure que vous déblayez la neige d'un côté, la bourrasque fait son œuvre de l'autre et colmate la mince tranchée que vous venez de pratiquer. A plat ventre, vautré sur la chaussée, vos manches s'emplissent de neige. Les mains gelées collent au métal de la pelle. La lutte est bien vite inégale, sans merci.

A ces moments-là, je maudis le client qui a fait exprès de m'envoyer dans cette galère, et le métier pourri qui est le mien. Pas étonnant que les confrères ne fassent pas de vieux os dans ce putain de pays ! Je rêve alors au fauteuil moelleux et à la douce chaleur du foyer que je suis idiot d'avoir quitté, là-bas, dans la vallée. Qui donc me tirera de là ? Je n'ai rien à attendre de personne dans ce coin perdu. La rage au cœur, je me bats de nouveau, sans méthode. Il faut que je m'en tire. Coûte que coûte. Plusieurs fois de suite, je balance la pelle dans la neige, la gorge en feu, à bout de forces. Je m'écroule sur le siège, portière battante.

Puis, machinalement, sans y croire, j'attaque de nouveau, et je réussis.

L'an dernier, à pareille époque, j'ai bien cru que j'allais y rester. Je rentrais en pleine nuit d'une visite à Monsardier, le vieux Duclos m'avait fait une vilaine pneumonie. Arrivé au sommet du col de la Faux, impossible de me dégager d'une congère. Il faisait un froid de canard et la burle hurlait à mort. J'avais tout tenté, toutes les ficelles y étaient passées. En vain. Rien à faire pour en sortir, ni dans un sens ni dans l'autre. Epuisé, désespéré, je m'étais affalé dans la voiture, tous phares allumés, et je contemplais l'étendue du désastre. La neige commençait à ensevelir mon véhicule dans ses tourbillons. Impossible de rester là : au matin, je serais mort de froid. Peut-être même avant. Impossible de rentrer à pied, la burle m'aurait emporté. Il y avait bien une ferme à un kilomètre, en contrebas, mais ces sauvages m'ouvriraient-ils leur porte à une heure pareille ?

C'est alors que le miracle se produisit. Un instant, je crus entendre un cri. Envahi d'un espoir fou, j'abaissai ma vitre. Mais oui, on appelait d'en bas... Je sortis comme un diable de l'habitacle et, tous les sens en éveil, scrutai dans la tourmente. Pas âme qui vive. Soudain, ils furent devant moi. Mon sauvage d'en bas avec ses deux gaillards de fils. Merveille ! ils avaient pensé à prendre avec eux de larges pelles et plusieurs grosses planches de sapin ! Je les accueillis mieux que les Rois mages. Même pas des clients à moi !

Il ne fut pas question de civilités, bien entendu :

« Putain de burle, docteur... Heureusement qu'on a vu vos phares !...

— Merci. Vous tombez bien !... »

Tous les quatre, nous attaquâmes alors la congère à l'arrière de la voiture. Vers l'avant, ce n'était pas possible. Bien vite, un passage pour poser les planches fut ouvert. Aveuglés par les tourbillons, concentrés dans l'effort, nous n'échangions pas un mot. Je m'installai alors au volant. A travers le pare-brise enneigé, je distinguais trois paires de mains nues, violacées, plaquées sur le capot, et trois visages rugueux, hirsutes et rougeauds qui émergeaient de passe-montagnes sans couleurs. J'embrayai en douceur; les visages se tendirent à l'extrême, crispés. Il me semblait entendre crisser leurs ongles sur le métal. La neige giclait sous les roues dans la figure des pousseurs. La voiture se mit peu à peu à tanguer de droite et de gauche et, ô miracle, commença à reculer, timidement d'abord, puis de plus en plus vite. Sauvé! Lorsque les quatre roues reposèrent sur le goudron glacé, je m'extirpai du véhicule et bredouillai :

« Merci... Sans vous...

– Y a pas de quoi, me répondit le père, haletant, vous descendrez bien à la maison boire quelque chose...

– Merci... Une autre fois... On va s'inquiéter chez moi.

– Rentrez-vous bien, docteur. »

Si je ne m'étais pas retenu, je les aurais embrassés, mes trois escogriffes. Nous nous saluâmes simplement, d'un geste amical, et leurs ombres s'évanouirent dans la nuit, l'espace d'un souffle.

Tiens... L'essuie-glace s'est remis en marche..., les dieux semblent avec moi ce soir... La nuit, au volant, je m'invente des présages – toujours bénéfiques – pour me rassurer; je m'impose des épreuves pour tester le sort, petites tricheries pour conjurer l'angoisse qui ne me quitte pas.

Minuit moins le quart... Je suis toujours dans les temps. Voilà le virage de la Croix-Rouge, puis le bout de ligne droite suivi du S. Je pourrais conduire les yeux fermés tant je connais la route. Mais, ce soir, pas d'imprudence, j'ai besoin de toute ma vigilance car ça commence à glisser sérieusement à mesure que j'approche d'Arlerès, et la neige tombe plus dru.

La ferme des Mandon, on y accède par un chemin mal empierré, juste avant l'entrée du village sur la droite.

Les Mandon... Ils ne sont pas loin d'être mes premiers clients... Quand je me suis installé dans ce haut Vivarais, en 59, j'ai commencé par soigner le grand-père qui traînait une tuberculose depuis plus de vingt ans. Le vieux était un gazé de 14. On l'a enterré l'an dernier. Puis ce fut le tour du fils, un insuffisant respiratoire. Il s'est quand même débrouillé pour faire huit enfants à sa femme, le bougre... Et le neuvième qui s'impatiente! Mais il s'agit d'une honnête moyenne, car, dans ce pays, on en est encore aux familles nombreuses. Quatorze héritiers, ce n'est pas rare par ici... Ces pauvres femmes... Trois jours après l'accouchement, les revoilà aux champs, à l'étable, comme si de rien n'était.

Naturellement, il n'est pas question de s'en aller accoucher à l'hôpital de la ville. Cela ne se fait pas. J'ai beau me tuer à tenter de les convaincre que là-bas tout est plus facile, qu'on y est bien traité, que les sœurs sont des anges, j'ai beau user du charme, j'ai beau me mettre en colère, pas moyen de leur faire entendre raison, mes parturientes n'en démordent pas : c'est l'ampoule de leur chambre à coucher qui sera le premier soleil de leur rejeton. Un point, c'est tout.

Evidemment, je les comprends. L'hôpital, c'est un autre monde. N'empêche que cela arrangerait bien mes affaires si elles finissaient par se décider, parce que des accouchements en pleine campagne, j'en ai vécu de toutes les sortes. Non qu'ils aient tous été difficiles, loin de là; certains ne m'ont laissé aucun souvenir tant ils étaient anodins. Par contre, j'en ai d'autres en mémoire que je n'oublierai pas. Sûr.

C'était trop beau, l'essuie-glace qui refait des

siennes ! Au pire moment ! Me voilà obligé de piloter au radar... En un éclair, le pare-brise dégouline de neige fondue. Je passe en seconde et risque la tête par la fenêtre. Charmant ! La burle me gifle le visage et j'ai de la neige plein les yeux. Une chance que j'arrive... Voilà... Le chemin à droite..., pas le rater... Première... L'arrière de la voiture part de tous les côtés, mais j'arrive quand même à me retrouver dans l'axe. Au fond, j'aperçois une lueur qui se détache de la masse sombre de la ferme. Prendre de l'élan pour ne pas rester bloqué dans le dernier raidillon... Le moteur hurle, les roues patinent... C'est gagné. Finalement, presque une partie de plaisir, ce trajet. Qu'est-ce qui m'attend maintenant ?

Avec ce froid, surtout ne pas serrer le frein à main car ce n'est jamais drôle de se retrouver avec le train arrière qui a décidé d'attendre le redoux pour daigner se remettre en mouvement. Je m'empare de mon matériel et m'extirpe en vitesse de la voiture. Le froid n'a pas le temps de me saisir que je suis déjà à la porte de la ferme où m'attend le mari.

« On vous croyait dans le fossé, docteur, entrez vite !

— Bonsoir, monsieur Mandon... Alors, où ça en est ? »

Sans attendre la réponse, je grimpe l'escalier vers la chambre. L'ampoule éclaire si faiblement la pièce que j'avance à tâtons dans la pénombre. Je dépose mon matériel au pied du lit.

« Votre accouchement était prévu pour quand ? »

J'arrive peu à peu à distinguer le visage de la future mère, aussi gris que la literie.

Pour toute réponse, elle se met à gratter machinalement les croûtes jaunâtres qui couvrent son visage et m'offre un pâle sourire. Manifestement, la question ne l'atteint pas. Seigneur ! Avec ces staphylo, si j'ai pas de pépin, c'est que je suis verni ! Le mari me lance en s'éclipsant :

« Je vous laisse avec les filles, docteur... Si des fois vous aviez besoin d'aide... »

Immobiles, les deux adolescentes se sont éloignées du lit à mon arrivée. Deux grandes filles de quatorze ou quinze ans, silencieuses.

Je soulève les couvertures et me mets à badigeonner de mercurochrome localement. Voyons comment ça se présente... La poche des eaux est bombée comme une bulle de chewing-gum... C'est bon signe, le dénouement est proche... Mais, sait-on jamais, je peux tout aussi bien y finir la nuit...

« Il me faudrait une cuvette d'eau chaude et une serviette. Vous avez pensé à la layette ? »

Les sœurs mettent un moment à réagir puis se décident à descendre à la cuisine. J'attends qu'elles remontent pour commencer.

En bas, j'entends qu'on s'affaire. On va, on vient..., ça tarde. Ma patiente est calme pour le moment. Au désordre du lit, je vois qu'elle a dû souffrir avant mon arrivée. Ses traits sont fatigués, son visage grisâtre, vieilli. Si je ne savais pas qu'elle n'a que quarante ans, je lui en donnerais bien dix de plus. Un regard sans joie ni tristesse, simplement indifférent. Elle me fait penser à une souche qui descend lentement au fil de l'eau en tournoyant et finit par s'enfoncer sans lutter. Braves femmes de ce maudit pays, perpétuellement enceintes... Je reconnais bien sous les traits de ma parturiente votre résignation inouïe. Et l'insouciance de vos hommes... Au fait, où est donc passé Mandon ?

Dans ce haut Vivarais, le contrôle des naissances n'est pas encore entré dans les mœurs; à l'école, on apprend le catéchisme comme la table de multiplication. Or la religion enseigne qu'il est bon de faire des enfants, alors on fait des enfants. Ce n'est d'ailleurs pas sans fierté que mes clientes m'annoncent leur petit douzième, leur gracieux quatorzième... Moi qui vois comment ils vivent, qui n'ignore rien de leur détresse, j'essaie bien de leur donner des conseils de modération, à quoi mes braves paysans me rétorquent qu'ils vont « remonter leur outil au grenier »! Le résultat, c'est que, quelques mois plus tard, je me retrouve au pied du même lit, aussi angoissé que ce soir.

« Que voulez-vous, docteur, m'affirma un jour une enfanteuse chronique, mon mari, il est si fort qu'il me met enceinte rien qu'en me regardant! »

Certes, il en est bien quelques-uns qui tâchent, par des méthodes expéditives, de remédier à l'excès de naissances, comme ce mari simplet et brutal qui donne des grands coups de pied dans le ventre de son épouse chaque fois qu'elle lui annonce une nouvelle grossesse! La barbarie n'est quand même pas la règle. Je sais, par des on-dit, qu'on a toujours recours à des méthodes aussi archaïques que dangereuses. De l'eau savonneuse à l'aiguille à tricoter en passant par des décoctions de plantes... Il m'arrive d'avoir à en traiter les fâcheuses conséquences. Pour sauver la face, les malheureuses qui viennent me trouver dans ce triste état m'inventent des histoires :

« J'ai dû trop forcer en rentrant le bois, docteur. »

Je sais que je devrais, dans les cas les plus évidents, dénoncer de telles pratiques, mais n'ont-elles pas droit à un peu de répit, ces pauvres femmes? Je ferme les yeux et fais semblant de croire ce qu'on me raconte et cela se termine à l'hôpital par un curetage.

Les deux filles tardent à remonter. Je m'assois sur l'unique chaise après l'avoir débarrassée du monceau de vêtements qui l'accaparaient. Passé la période d'accoutumance, la pièce se dessine maintenant plus nettement à mes yeux. Les misérables chambres de ces paysans se ressemblent tant que je pourrais me trouver chez n'importe lequel de mes clients. A deux ou trois détails près. Le froid m'engourdit les pieds, mais il ne semble pas troubler le sommeil des deux derniers des Mandon... Je viens à peine d'apercevoir le matelas où ils reposent, noyés sous un amas de couvertures et d'habits, tout près de l'armoire. Chez eux, la seule pièce chauffée, c'est la *maison*, comme ils disent, c'est-à-dire la cuisine. Là doivent dormir les autres frères et sœurs.

Dans ces campagnes, il est très rare que la chambre soit chauffée. Parfois, lorsqu'il y a un malade, on place une bassine de braises incandescentes au milieu de la pièce. En fait, plus de fumée que de chaleur... J'ai connu des hivers où le thermomètre chutait dans les chambres à moins dix! J'ai vu, couramment, des gens mettre dans leur lit des briques chauffées au four et entourées de chiffons ou de journaux... Pas question de se déshabiller : on ôte une laine, pour la forme.

Continueront-ils longtemps à survivre dans ce pays de misère, tous ces naufragés? Je me le demande. Et ces enfants que je mets au monde et qu'ils persistent à me faire? Ce n'est pourtant pas qu'ils croient à des jours meilleurs. Tout ce qu'ils leur souhaitent, à leurs enfants, c'est de partir, de ne pas avoir la même vie qu'eux, de quitter cette terre ingrate, sans espoir, cette terre qui refuse de les nourrir et les chasse. N'importe où, mais fuir.

Mais eux, ils sont nés là, ils y ont souffert, ils y mourront. La question ne se pose pas.

Ah ! les revoilà avec la cuvette... Sans un mot, la plus grande la pose à mes pieds, tandis que la seconde ouvre l'armoire à la recherche d'une serviette.

Cette armoire... Elle date bien de l'arrière-grand-mère. Je sais qu'on y range toujours les radios, au milieu d'une pile de draps. Pauvres radios..., pliées en quatre, rayées, tachées de crottes de mouches..., il m'est bien souvent impossible de les déchiffrer.

Sommairement décoré de moulures, des guirlandes de fleurs entremêlées d'épis de blé, le bois a bleui tant elle a servi. Sur les étages supérieurs on entasse le linge rugueux et bis et les vieux draps brodés des grandes circonstances. Plus bas, les cintres où prédominent le gris et le noir. Quand on l'ouvre, les battants grincent, un mélange de senteurs de cire, de naphtaline, de lavande et d'eau de Cologne s'en échappe.

Voilà la serviette... Elle est bien râpée, mais ça ira quand même. J'ai vu pire.

J'ai mis au monde chez les nantis. J'ai mis au monde chez les humbles. J'ai mis au monde chez les misérables. J'ai accouché à la lueur d'une bougie, ou même avec une lampe électrique entre les dents. J'ai accouché sur du papier journal en guise de draps. Et toujours sans la moindre asepsie...

Dieu, que les bancs de la faculté sont loin !

Ma patiente est sage. J'ai repéré le berceau à gauche de l'armoire. Cette fois-ci, c'est une poussette... Je suppose que la layette est prête.

Car, même chez les pauvres d'entre les pauvres, il est d'usage de préparer le berceau lorsque les choses se précisent. Parfois, juste un vieux berceau de bois blanc qui ressemble à un tombereau en miniature. On l'a descendu du grenier et il trahit furieusement un nettoyage à l'eau de Javel; ailleurs, c'est le berceau de bois tourné, monté sur roulettes ou à bascule. Il a accueilli deux ou trois générations d'Ardéchois. Pour l'occasion, il a été ciré et sent l'encaustique. Rose ou bleue, selon l'enfant souhaité, la literie est raccommodée, mais propre et bien repassée. Une main pieuse y a accroché des médailles pieuses.

Je soulève les couvertures. Ma patiente se met à gémir plus régulièrement. Les péripéties d'un accouchement, ça se voit, ça se palpe. Ça s'écoute aussi. Très important, le *chant* de la parturiente. Il renseigne sur l'avancement des opérations sans avoir à regarder sous le drap.

Fausse alerte..., les gémissements faiblissent... Ce sera pour plus tard. Je ressens la fatigue de la journée... Quelle journée! un jour de foire pardessus le marché! ma salle d'attente n'a pas désempli du matin jusqu'au soir... Après quoi, les visites. Et, pour couronner le tout, la mère Mandon qui choisit juste ce jour-là, comme par hasard... Enfin, au moins ici je suis à l'abri de cette saloperie de sonnerie de téléphone...

J'ai bien envie de la pousser un peu et de m'allonger un moment à ses côtés en attendant son bon vouloir...

Il paraît qu'un de mes prédécesseurs le faisait volontiers sur la fin de sa carrière. Peut-être, au fond, a-t-il pris les choses mieux que moi. Il y en a un autre, dont je tairai le nom, qui prend régulièrement patience en faisant honneur au marc du pays. Un litre dans la nuit ne lui fait pas peur. Ce goût immodéré pour les spiritueux lui conférerait, paraît-il, des doigts de fée... Chacun conjure ses frayeurs comme il peut. Et puis, un baptême à l'eau-de-vie, c'est un premier beau souvenir pour un nouveau-né. Quant aux ablutions, le curé s'en chargera plus tard...

De sous ses draps, l'un des enfants pousse un soupir et se retourne. Mes deux aides conservent leur posture de vestales. Nous sommes donc six dans cette chambre. Pourtant, je suis seul, comme entouré d'ombres. Seul avec le clic-clac ferraillant de ce gros réveil qui trône sur le faux marbre de la table de nuit. Clic-clac, clic-clac..., combien en a-t-il fait naître et mourir dans cette pièce, ce réveil ? Moi-même, presque tous les ans, j'ai mis ici un enfant au monde. Trois, quatre... Je ne sais plus, au juste. J'étais là aussi quand le grand-père est mort. Je le vois encore dans ce même lit. Combien de veillées funèbres pour le maigre réconfort du cri d'un nouveau-né ?

En dessous de la tablette, sur l'étagère, un exemplaire de *Terre vivaroise*; il semble encore espérer son lecteur... On ne lit guère dans nos campagnes. Je n'ai jamais vu le moindre livre dans une ferme, à part les manuels scolaires des gosses. Après le labeur des champs et les soins aux bêtes, on aspire à la paix, au repos. La fiction et les gazettes, tout ça, c'est d'un autre monde. Il y a bien de temps en temps un numéro du *Pèlerin* qui traîne dans un coin, mais c'est tout. Dans ce pays, les traditions religieuses sont encore très vivaces, avec une nette tendance au fétichisme. A part la photo du mariage des époux Mandon sur la commode, l'essentiel de la décoration de la pièce se compose d'un bric-à-brac de bondieuseries diverses, et je retrouve, éparpillés çà et là, l'inévitable grotte de Massabielle, tableau en relief rehaussé de fausse mousse, un chromo angélique censé immortaliser les traits de Bernadette Soubirous... Le goût est une affaire de riches. Une autre photo, accrochée au mur, un premier communiant qui, aujourd'hui, a dû allégrement dépasser la cinquantaine. Les Mandon ne semblent pas avoir été de bien grands voyageurs, pas même une carte postale de la promenade des Anglais, pas le moindre souvenir de la Côte d'Azur... Si, un souvenir de voyage tout de même, la photo du grand-père en uniforme. Le voyage de sa pauvre vie, aux frais de l'Etat. Pour la pose, il a revêtu sa tenue d'apparat, casquette sur la tête, moustache réglementaire et l'œil conquérant. On les aura, semble-t-il dire. On les a eus, en effet, mais toi, pauvre vieux, qu'as-tu eu à ton retour? Des souvenirs, mille fois ressassés avec les anciens, radotés sur le tard, et une tuberculose carabinée qui t'a pourri l'existence. Tu es bien touchant avec ton air fanfaron.

Je m'approche de la photo des époux. C'est à se demander comment Mandon en a réchappé, avec ce col qui l'étrangle et cette cravate homicide! La raie au milieu qu'il arbore a bien dû lui coûter un tube entier de gomina pour la discipliner aussi impeccablement! Madame, couronnée de fleurs d'oranger, un gros nœud serrant sa robe blanche à la taille, donne un bras timide à son élu. Tendus tous les deux, car, si l'on bouge, c'est gâché. Que vient donc faire dans le fond cette colonne dorique?

L'autre jour, comme je m'extasiais devant la grâce d'une communiante, je m'enquis de sa personne auprès de Mme Dufaud tandis que mon stéthoscope errait désespérément parmi les innombrables plis de ses seins mamelus.

« Mais c'était moi, docteur!

– Vous lui ressemblez encore beaucoup », eus-je l'à-propos de lui susurrer.

Depuis, j'évite ce genre de questions et m'en tiens à mes songes...

Je retourne près du lit. Ma patiente est toujours dans une demi-veille. Ah ! il se moque bien de nous, son dernier..., ou alors c'est qu'il savoure les derniers moments de sa vie intra-utérine. Peut-être perçoit-il le peu d'empressement que lui manifestent ses parents... On se refuserait à moins...

« Ça va, madame Mandon ? Je vais descendre un moment à la cuisine. Je vous laisse avec les filles. »

Je m'approche de la plus grande et chuchote :

« Appelez-moi si elle s'agite... Je vais me chauffer un peu. »

En m'éloignant, j'espère que cela précipitera les choses... Le mari m'entend descendre et éclaire la pièce où les enfants dorment.

« Non, non... N'allumez pas !

– Oh ! ne vous en faites pas, c'est pas ça qui va les réveiller ! »

Pour donner raison à l'homme, l'un des deux lits métalliques se met à couiner, un enfant se retourne.

« Vous prendrez bien le café, docteur...

– C'est pas de refus », dis-je en m'asseyant près de lui à côté du poêle.

Je me déchausse et pose mes pieds gelés contre la fonte, au risque d'y laisser mes chaussettes. Il fait bon dans cette cuisine. Un soudain bien-être s'empare de moi et me fait presque oublier la fatigue et l'angoisse. Une douce chaleur m'envahit, je m'abandonne à l'instant, à la tiédeur ambiante. Je sens mes joues rougir, mes mains se dérouillent. Mandon, debout près du fourneau, sert le café, puis il me tend la tasse et me fait passer la grosse boîte de sucre en fer-blanc. Je porte le liquide à mes lèvres. Amer, mille fois réchauffé, je ne le changerais pourtant pas pour un autre et le déguste avec délices, par petites lampées. Si je le connais, ce café! En ai-je refusé! Bien rares sont les fermes où l'on ne m'en propose pas. C'est le symbole de l'amitié. Si je les écoutais, j'en boirais vingt dans la journée! Plus souvent encore, on m'offre de trinquer au gros rouge du pays. Mais, là, je suis beaucoup plus réticent... Une piquette aigre, acide, tout juste bonne à assaisonner la salade. Bien étrange que Mandon ne m'en ait pas proposé un *canon*, comme ils disent. En quel honneur? Ai-je refusé trop ostensiblement la dernière fois? Je n'ai pas droit, non plus, aux traditionnels biscuits Brun. Cela, c'est toujours l'affaire des femmes.

Mandon s'est rassis. L'imminence d'une nouvelle paternité ne rend pas mon compagnon plus loquace qu'à l'ordinaire. Pour lui, juste une question d'habitude. Ses vaches vêlent, ses poules pondent, sa femme accouche. Tout est dans l'ordre des choses : pourquoi en faire un événement?

A quoi peut-il bien penser? Depuis des années que je soigne ces gens, je ne suis plus vraiment un étranger. Je sonde leurs corps, je tâche autant que je peux d'alléger leurs souffrances, je leur donne mon affection, je partage l'amitié avec certains, cependant, leurs âmes me restent verrouillées, inexorablement. Ce n'est pourtant pas faute d'avoir essayé de percer leur secret, patiemment, avec toute ma ferveur, je cherche... Peut-être un jour, peut-être une nuit, à la longue... Pour me sentir plus près d'eux, encore.

Les gens des villes s'imaginent à tort que les veillées, dans nos campagnes, en nos montagnes, sont le théâtre d'événements gais, vivants et joyeux, qu'on passe des nuits entières à dérouler des contes mystérieux venus du fond des âges, autour du pétillement de l'âtre, dans un débordement d'amitié et de chaleur. Je puis, hélas ! assurer qu'il n'en est rien. Certes, la journée de labeur achevée, le repas du soir expédié, on ne rejoint pas sa couche tout de suite. On reste assis, là, dans la cuisine, autour du feu, près du poêle, sans rien se dire, les yeux perdus dans le vague. Dans ce pays, on attend. La fin.

Mon compagnon sort son paquet de bleu de la poche et, lentement, se met à rouler. Il n'est pas des plus adroits. De ses gros doigts boudinés, il tire une forme maigrichonne et baveuse qui doit bien être une cigarette. Avant qu'il ne me tende le paquet, j'ai ma pipe en main.

« Prenez du mien, docteur.

– Merci bien. »

La pièce est chaude et silencieuse. Le canari se tait dans sa cage. Oserai-je le dire ? J'ai presque oublié pour quelle raison je me trouve ici, perdu de bien-être. Le ronron du poêle me berce tendrement. Mauvais, ça... Pas m'endormir ! Tiens, je n'avais encore jamais remarqué cette horloge... Malgré le triste sort qu'on a réservé à ses pieds, elle est bien belle... Trop haute pour le plafond, on les a sciés... Bien étonnant que quelque antiquaire ne l'ait pas encore embarquée... Et le balancier est charmant, avec ce bateau naïf tanguant sur des flots de métal... Pas du pays, cette horloge.

« D'où vous la tenez, cette horloge, monsieur Mandon ?

– Oh ! ça, il faut demander à la patronne... ça vient de son côté... Il y a longtemps que je veux la descendre chez le Louis pour la réparer, mais avec le car c'est pas commode, vous savez !

– Et Joseph, de la Bourdette, il peut pas vous la porter avec sa bétaillère ?

– Ah ! ça non, docteur ! On se parle pas !...

– C'est nouveau, ça !

– Oh ! que non ! Déjà du temps du père... Ce sont des gens qu'on peut pas avoir confiance... »

Mandon a les yeux perdus dans une querelle séculaire. Dieu sait si elles sont vivaces ! Il semble ne plus me voir. Je profite de l'occasion pour remonter vers la chambre, d'autant que ceux de la Bourdette sont parmi les plus aimables de mes clients et que je ne tiens pas à jouer les arbitres...

Me revoici au pied du lit. Je soulève le drap. La poche des eaux ne s'est toujours pas rompue. Il est temps d'y suppléer. Le sort en est jeté. J'enfile une branche de pince. Aussitôt, un mélange de sang et de mucosités me coule sur les doigts. « Cuvette..., serviette... »

Je saisis le savon liquide dans la mallette. L'eau s'est bigrement refroidie !

Ma patiente s'est remise à chanter crescendo, ses gémissements se font plus rapprochés. Cette fois-ci, nous y sommes. Entre deux halètements, elle invoque tour à tour la Sainte Vierge, son mari, et pousse de plus belle. Elle pousse bouche fermée en un long gémissement et lâche un cri suraigu.

Alors, tout se passe très vite : un objet humide m'échoue dans les mains. Un garçon. Bien rondouillard. Ciseaux, pinces hémostatiques, ligature... « La layette. »

Je confie à l'aînée la chose qui s'est maintenant mise à hurler en gigotant. Pourvu qu'il n'en vienne pas un autre ! On ne prévoit jamais les arrivées en nombre.

Ainsi, une fois, je me suis trouvé avec un nouveau-né dans chaque bras. Bien évidemment, on ne s'y attendait pas. Désemparé, je n'ai pas eu à tirer au sort lequel des deux jouirait de l'unique layette disponible. C'est comme cela que le second a paru fort réjoui de trouver gîte dans la jambe d'un pantalon en velours côtelé que j'avais noué au moyen des bretelles attenantes. Le sacripant a dû depuis s'en confectionner quelque fronde...

Les filles semblent fascinées par leur nouveau frère et le père fait son apparition. En parfait gentleman, devant ces dames, le petit dernier communique gracieusement son premier dépit.

La mère grelotte. Je récupère le placenta au bout du cordon et j'appuie sur le ventre. Ça ne vient pas. Je me sens pâlir. Faites que... Ouf ! lentement, il m'échoue entre les mains. Un nouveau petit miracle s'est accompli.

Ma tâche est maintenant finie. La nuit presque, aussi.

Cette nuit du 18 janvier 62, où tu es né, toi, jeune Mandon, de combien m'as-tu donc fait vieillir ?

Le jour va bientôt se lever. Les premières hordes de clients ne vont pas tarder à quitter leurs tanières pour investir la salle d'attente.

Je voudrais dormir sous la neige.

ne s'y attendait pas. Désemparé, je n'ai pas eu à tirer au sort lequel des deux profiterait de l'unique layette disponible. C'est somme cela que je [illegible] à part [illegible] de trouver gîte dans la jambe d'un pantalon en velours côtelé que j'avais noué au niveau des deux jambes attenantes. Le sacri-[illegible] s'en contentionner quelque [illegible] ronde.

Les filles semblent fascinées par leur nouveau frère et le père fait son apparition. En parfait gentleman devant ces dames, le petit dernier communique sa satisfaction son premier débit.

La mère grelotte. Je recouvre le [illegible] au pied du cordon et l'appuie sur le ventre. Ça ne vient pas. Je me sens [illegible]. Faites que... Ouf! le [illegible], il m'échappe entre les mains. Un nouveau petit [illegible] s'est accompli.

Ma tâche est maintenant finie. La nuit presque aussi.

Cette nuit du 16 janvier [illegible] où tu es né, [illegible] petite Marion, de combien m'as-tu donc fait veil-ler ?

Le jour va bientôt se lever. Les premières [illegible] des [illegible] ne sont pas tardé [illegible] [illegible] sont [illegible] dans la salle d'attente.

Je voudrais dormir sous la neige.

II

Les gens de là-haut savent bien, eux, ce que c'est que la burle; ce vent vif et glacé qui balaie, quatre mois de l'année, le plateau et les pentes du haut Vivarais. Les gens de là-haut, mais pas l'étranger, pas le touriste qui ne connaît du pays que les sentiers faciles et ensoleillés, bordés d'airelles et de digitales. Pourtant, elle en est le souffle vital, et les êtres vivants, hommes et bêtes, doivent se soumettre à ses caprices, à ses débordements.

Il faut l'avoir entendue pleurer de sa voix grave dans les bois sombres, il faut l'avoir entendue crier de son cri aigu sur le plateau désolé. Il faut l'avoir vue faire jaillir du sol un incendie de glace, dénudant l'herbe figée de givre. Il faut l'avoir sentie sur le visage et sur les mains; elle vous assaille de ses aiguillons de glace, vous fait pleurer les yeux, vous engourdit les joues et les doigts, vous endolorit l'oreille de son hurlement. Dans la neige, elle sculpte de fines rides qui se rassemblent en dunes mobiles pour devenir de profondes congères. Alors, les chemins creux se comblent et isolent les fermes tandis que les cols deviennent une souricière pour l'automobiliste égaré.

La burle est sans pitié; les hommes se calfeutrent derrière la pierre et les doubles fenêtres, leurs animaux se terrent dans les étables obscures et autour des cheminées, les bêtes sauvages cherchent un refuge précaire dans l'épaisseur des forêts.

Avec les beaux jours, la burle s'apaise et laisse place au soleil, à la lumière, à la vie. Mais la burle veille, elle n'est qu'assoupie, au moindre rafraîchissement elle surgit de nouveau.

Les gens de là-haut sont comme la burle, forgés à grands coups, durs, froids et sans partage. Insaisissables. Malheur à l'étranger qui se hasarde à fouler les congères de leur âme! Il s'enlise, il s'y perd; nul ne lui viendra en aide. N'est pas du pays qui veut. Moi, le citadin, j'étais un étranger en y arrivant. Les années ont passé, je le suis encore. Je le resterai. Mes enfants ont vu le jour ici; dans cinquante ans, si ces montagnes abritent encore la vie, peut-être en ira-t-il autrement pour leurs descendants... J'en doute.

Pour moi, le médecin venu de la ville, les portes se sont entrebâillées, comme celles d'un couvent, fugitivement. J'ai sondé les corps, soulagé peut-être, guéri parfois, mais les âmes m'ont-elles fait le moindre signe? Derrière ces visages d'écorce, ces visages rudes, tannés, muets jusqu'à l'inconvenance, j'ai bien peur de n'avoir vu que le dos d'un miroir, une ombre labile et vague. « Entrez vite, docteur! » Sitôt refermée, la porte a claqué au nez du vent, et le vent est resté au-dehors, jalousant en ses tourbillons l'âme du pays.

Mais cela fait des années que je vis ainsi au rythme de la burle. Des siècles, il me semble. Tellement d'instants à la fois uniques et semblables, tant de fois répétés et pourtant si nouveaux...

Médecin des monts et des champs, l'exercice de ma profession a métamorphosé tout mon être. Le feu du soleil et la gifle de la burle ont marqué mon visage, l'ont ridé, durci et les rares amis citadins que je revois encore à l'occasion, sous l'allure campagnarde qu'ils m'accordent, reconnaissent à grand-peine les traits de leur condisciple de naguère. Le style de vie des grandes cités auquel mes études m'avaient accoutumé m'est devenu totalement étranger, irréel, comme d'une autre existence que les duretés de chaque jour enfouissent chaque jour plus profond en ma mémoire. Dans quelques années, en aurai-je encore le moindre souvenir ?

Au sortir de la faculté, le vieil enfant que j'étais s'est brusquement trouvé nez à nez avec la misère des autres, avec leur détresse, avec leur terrible isolement, avec leur terrible solitude et leurs biens rares joies.

Ce fut pour moi une rude école, ce fut un dur réveil. A mes débuts en ce pays, j'étais consterné, abattu par mon impuissance. Dès lors, je me réfugiais dans le surmenage pour ne pas penser, dormant peu, multipliant mes heures auprès de ces chevets qui, chaque jour plus nombreux, m'appelaient au secours. Mais, peu à peu, la révolte monta en moi, j'essayais de secouer ces pauvres gens engoncés dans leur résignation, tentant de les convaincre par tous les moyens que ce pays aurait leur peau, qu'il fallait le quitter, fuir, n'importe où, que cela ne serait jamais pire ailleurs. En vain.

Alors j'ai appris à composer, j'ai appris la modestie, je n'étais là que pour soulager, dans le meilleur des cas. Ainsi, de la tragédie à la comédie, les nécessités de mon métier de forçat ont fait de moi un acteur de théâtre contraint à dissimuler, à cacher la pénible réalité à des êtres que le pire attendait au tournant, patiemment pour certains, en frappant d'autres comme la foudre. Presque à mon insu, je suis devenu un personnage composite tenant de Diafoirus, de Schweitzer et de Knock. Comme un acteur, je suis payé pour tenir mon rôle, seulement voilà, c'est une scène où le spectateur n'applaudit guère. Au reste, je n'en demande pas tant. Aujourd'hui, si ma pauvre science peut alléger les souffrances de quelques-uns, si mes conseils peuvent en éclairer d'autres, leur amitié m'est devenue la plus précieuse des récompenses.

Dans ce haut Vivarais, les distances sont grandes d'un village à l'autre, d'un hameau à l'autre, d'une ferme à une autre. Autant que les facteurs de la région, je peux me vanter de connaître toutes les routes, tous les chemins vicinaux et jusqu'aux sentiers les plus impraticables menant aux fermes du bout du monde, et Dieu sait si les bouts du monde ne manquent pas en nos montagnes ! Au moins une fois, à pied, en voiture, je les ai parcourus, la serviette au bout du bras. A longueur d'année, je sillonne le pays avec mes ruines roulantes, à tombeau ouvert; dix fois, vingt fois par jour, je grimpe des cols, m'engouffre dans des forêts, dévale des chemins à pic, seul, dans ma carlingue. A l'abri derrière mon volant, où que se pose mon regard, tout m'est familier, archiconnu; collines rondouillardes, bois de feuillus aguichants auxquels, à l'approche des cimes, succèdent les sombres forêts de conifères; ici, un arbre solitaire planté au beau milieu d'un champ en jachère que la foudre a épargné; là, un rocher dont les formes tourmentées m'interpellent et m'imposent leur mystère; ailleurs, au fond d'une cour, une silhouette amie, au sortir d'un virage, une main s'agitant sur le bas-côté me tire de ma rêverie; plus loin, un toit luisant sous le soleil qui abrite de vieux clients, puis un village austère, traversé en un souffle. Autant de repères, autant de signes amicaux ou hostiles qui sont devenus mon espace intime et me parlent, comme à un vieil ami parfois, pour mieux me rappeler à l'occasion l'intrus que je demeure, car on ne joue pas au plus fort avec le pays de la burle; sournois, il vous apprivoise, à la force du poignet, à grands coups de beautés, d'enchantements; puis, une fois envoûté, il vous brise.

Il m'est devenu clair, l'évidence même, que l'homme est un accident par ces terres hostiles, inhospitalières. Oh! un petit accident de rien du tout, atterri là par hasard, qui s'obstine à y subsister, entortillé dans sa solitude, agrippé à sa misère, mais qui tôt ou tard disparaîtra comme il est venu, vaincu, sans laisser de traces. La burle, patiente, aura le dernier mot. Déjà, la forêt mange çà et là bien des cultures, envahit tant de hameaux où l'homme a disparu à jamais... Rude, la montagne du haut Vivarais n'en est que plus belle, car puisant sa beauté au tragique, une beauté que la sueur des hommes a nourrie, goutte à goutte, que sa détresse a rendue plus glorieusement hautaine, plus souverainement insolente. Une terre qui n'en finit pas de vous chasser et de vous retenir, de vous retenir pour mieux vous chasser, avec cruauté, chuchotant à l'oreille de qui sait l'entendre son terrible message, que la vie et la mort ne sont que des illusions d'homme. Cela, pour le sentir, en être meurtri jusqu'au plus profond de soi, il faut avoir vécu ces hivers infinis où les gens, tapis derrière le granit des mois durant, coupés du monde par les neiges, attendent résignés le lever du soleil, le retour de la vie.

La vie... S'acharner contre cette terre avec des moyens d'il y a cent ans, peiner jusqu'à la fin avec, comme salaire, le malheur, la misère, la mort.

Cela, le promeneur d'un jour ne le percevra pas. S'il a la bonne fortune de venir s'égarer sous nos cieux au printemps, il découvrira une région simplement éblouissante, car, dans la clarté d'un après-midi printanier, le haut Vivarais est en beauté. A peine aperçues du fond de la vallée, les cimes, piquées de la symphonie d'or des genêts, ombrées de guirlandes de bois et de forêts, vous appellent irrésistiblement, on n'a de cesse qu'on en soit au plus près, aspiré par l'harmonie des couleurs, la pureté du ciel. Vite, on prend une route, les monts semblent si proches..., mais la route, rivière capricieuse, vous fait des pieds de nez en tortuant tant et plus, dessinant mille méandres d'un village à l'autre, comme pour vous contraindre plaisamment à patienter, à retarder l'instant de plénitude qui, vous le savez, vous attend là-haut. Nos anciens ont tracé de telles routes à partir d'antiques chemins ou même de voies romaines qui contournaient, sans les entamer, les propriétés agricoles, en premier lieu celles, absolument intouchables, des hobereaux de la région. Ainsi il ne faut pas s'étonner de descendre un raidillon pour remonter de plus belle aussitôt, ni de s'égarer en d'interminables boucles qui vous ramènent imperturbablement à votre point de départ...

Mais on progresse, lentement, approchant des cimes et du village de Monsardier, tandis que disparaissent peu à peu les terres cultivées, livrant leur espace à la mer d'or pur des genêts, somptueuse parure enivrante dont l'éclatante victoire scelle à jamais la défaite de l'homme, car là où croît le genêt, l'homme a été chassé, un signe qui ne trompe pas.

Plus haut surgissent les châtaigniers, débordant des bois de feuillus, étendant les bras jusqu'au milieu de la chaussée qu'ils voilent de la douceur de leurs ombres. A l'automne, ils lâchent leurs bogues sous les roues des voitures d'où jaillit une purée blanchâtre, écrasée sur le goudron. Je n'ai jamais compris pourquoi, dans ce pays pourtant pauvre, les châtaignes n'inspirent que dédain, personne ne les ramasse.

Au sortir des sous-bois, l'air est déjà plus frais, plus tonique lorsque apparaît au loin la basilique Saint-Bernard.

Bientôt, la route atteint le col des Vernes que le vent balaie durement à longueur d'année. A cet endroit déshérité, pelé, sans la moindre trace de végétation, vit pourtant une ferme, lourde bâtisse presque aveugle, à peine percée de deux minuscules ouvertures pareilles à des yeux de souris, d'énormes pierres lui calant les tuiles au bord du toit. Une ferme bien mystérieuse... Je n'y ai jamais mis les pieds, mais j'ai entendu dire au pays que leurs poules avaient la queue tordue tant la burle souffle fort...

Au sommet du col, la route change brusquement d'exposition; l'espace de quelques mètres, le ravin jusque-là sur la gauche passe à droite, le soleil cède la place à la grisaille, les genêts aux conifères. L'hiver, c'est ici que les difficultés commencent vraiment.

Parfois, en me rendant à Monsardier, je ne peux me retenir de grappiller quelques minutes de bonheur, de calme retrouvé au bout de ce chemin étroit, pierreux et fraîchement secret qui, du col, serpente en un sous-bois de mélèzes dont les pousses mêlent leur pénétrante odeur au délicat parfum des framboisiers couverts de fleurs blanches et s'enfonce en cahotant vers une accueillante clairière bien dégagée où le printemps rayonne. J'aime à faire halte en ce lieu apaisant d'où le haut Vivarais m'entoure, mélancolique et somptueux, tout tendu de gris et de vert profond. A peine arrêté, je me sens fondre dans le paysage et m'ouvre tout grand, m'abandonnant au silence que l'écho d'une hache, au loin, ne rend que plus profond. Il n'y a plus de souffrances, il n'y a plus de misère. Tout juste une brume fragile qui s'étire ça et là, soulignant le contour des vallons humides, tout juste des fermes éparpillées sur les versants, humbles et discrètes, se fondant dans la verdure, quelques clochers brisant sans arrogance les horizontales un peu austères des bois noirs et le sourire grave de terres brunes.

Les forêts de genêts montent vers moi en rangs serrés à l'assaut des dernières pentes de verdure, disputant les arpents verdoyants aux fougères en un âpre combat silencieux. Je devine la route départementale qui paresse de village en village, déflorant les combes humides, griffant le flanc des collines d'un trait plus sombre, franchissant les cols dans une trouée de sapins noirs. Mon œil s'accroche au granit gris de la montagne de Rochebrune qui surplombe Saint-Sébastien de son étrave hautaine et dont le sommet est couronné d'une ruine que l'on dit romaine; au cœur de la muraille jaillit, candide, un énorme fayard. Sur l'autre versant, le village d'Arlerès, tout simple de sérénité, puis, quittant le bourg, la route à voie unique qui grimpe par de dangereux lacets vers le col du Mûrier. Au-delà de la trouée d'arbres, il n'y a plus que le ciel.

Mais le temps presse toujours. Une fois consumée la cigarette que je me suis accordée, la route de Monsardier m'appelle. Passé le col des Vernes, elle s'élève en forêt en étirant de larges courbes ombragées, dominée à l'amont de la masse écrasante et compacte des conifères qui s'éclaircit pour dégringoler à pic vers la vallée. A l'automne, par ces sous-bois, cèpes, hydnes, chanterelles et mille champignons surgissent de partout pour les délices des cueilleurs.

Plus avant, plus haut encore, l'aubaine d'une trouée entre sapins et mélèzes découvre un instant la vallée lointaine et le fleuve. Les collines s'abaissent tendrement l'une derrière l'autre, pâlissant peu à peu sous la végétation qui s'adoucit au vert tendre, tandis que tout au fond les maisons tachent la verdure de leurs rectangles rouges.

A mi-hauteur, par-derrière la crête d'un vallonnement, le village du Balaïn pointe ses toits vers le ciel autour de la flèche de son clocher. A ce moment de l'année, tout n'est ici qu'ombrages humides, fraîcheur, alors qu'en bas, dans la vallée, le soleil grille les champs à découvert. C'est ici le cœur du haut Vivarais. Dans la saison où tout est jeune, où le soleil enflamme un ciel pur, à tout moment le pays varie d'aspect et le ciel de lumière; les montagnes changent de couleur, les versants de nuances, les vallons de forme. Au loin, le Mézenc, le Gerbier-de-Jonc miment l'horizon de leurs courbes typiques; le Mézenc ressemble au dos d'une chèvre et le Gerbier à celui d'un chameau. Par moments, les bois de sapins et de mélèzes enserrent la route d'une ombre froide, mouillée, puis rejaillit l'infini lumineux, et tout recommence, un même émerveillement, sans cesse renouvelé.

Çà et là, des pinèdes, très noires, très denses, évoquent d'antiques armées s'observant impassibles, mais ce ne sont que des plantations de Douglas, bois rapide et médiocre, qui peu à peu supplantent les forêts sauvages. Au-delà, la lande de genêts s'étale, majestueuse, cachant en ses replis la décrépitude de maisons mortes, leur ossature de poutres à nu, calcinées par le vent, leurs fenêtres crevées, à l'abri d'un rideau d'herbes folles, de ronces et d'orties, pauvre coquetterie, dernière ruse, comme pour détourner pudiquement les audaces des curieux.

Aventuré sur les hauteurs de la route de Monsardier par un limpide après-midi printanier, le passant d'un jour peut se gorger les yeux des charmes infinis des monts du Vivarais et se convaincre qu'il doit faire bon vivre ici. Mais, au-delà des harmonies somptueuses de formes, de couleurs et de lumière, celui qui a vraiment vécu dans le haut pays n'ignore pas ce que signifient ces quelques arpents de terre retournée, disputés à l'âpre nature, que l'on découvre au hasard, cette cheminée fumante et fuyante aperçue au fond d'une combe, ce toit au ventre creux, aux tuiles disparates, chargées de pierres à cause du vent, ce maigre troupeau de vaches à l'échine anguleuse, entourées de chèvres folasses, ces prés si pentus que les hommes doivent faucher, faner, rouler à la main, comme il y a cent ans. C'est peut-être cela qu'on appelle le *folklore*, mais cela s'appelle aussi la misère. Je me suis, hélas! imprégné de cette misère des écarts, quand la route devient chemin et le chemin sentier de chèvres. Elle a un air de famille, rien ne ressemble davantage à la misère qu'une autre misère, qu'elle soit gravée sur les visages ou scellée dans le cœur de la pierre.

Misère des façades lépreuses dont le crépi, battu par le vent et rongé par le gel, s'effondre par lambeaux, des fenêtres sans volets, sans rideaux, sans la moindre fleur. Misère des cours aux murettes à demi abattues, noires de purin, d'où émergent quelques îlots de pierres polies et repolies par le pas centenaire des hommes et des bêtes. Parfois, un linteau sculpté, portant blason ou date, évoque une splendeur passée, œuvre d'un artisan à jamais ignoré, n'ayant fait naître ce décor que pour l'amour du métier; dans ce coin perdu, qui eût pu admirer son ouvrage? Est-ce le même artisan qui a monté cette volée d'escalier, gauchie par l'usure, dont les pierres disjointes et fendues laissent maintenant croître des bouquets de pissenlit? Sur le perron, des vasques d'eau croupie donnent à boire aux poules. La burle a blanchi la lourde porte de chêne, la pluie lui a rouillé les gonds; une méchante planche de sapin, pas même rabotée, clouée sans soin, joint l'huis à la pierre du seuil, pour protéger du vent; des morceaux de boîtes de conserve, de bidons rouillés, horribles raccommodages, bouchent les fentes du bois. Pour entrer, une grosse poignée d'un losange en ferraille.

La misère est derrière le battant. Elle vous assaille dès qu'on pénètre dans la cuisine, immense, lugubre, glacée. Une énorme cheminée en occupe tout le fond. Des poutres mal dégauchies, noires de crasse et de suie, semblent tirer le plafond vers le sol. Au bout d'un clou pendouillent des morceaux de ficelle, lamentables reliques de saucissons. Piégés derrière les vitres de fenêtres toujours closes bourdonnent des hordes de mouches à tête verte et des taons. Sur le lino rapiécé, arraché par endroits, éclaboussé d'un fumier verdâtre, des meubles minables cherchent leur équilibre parmi les crottes de poules.

Des meubles ? Il y a longtemps que les antiquaires et les vacanciers les ont achetés..., pillés plutôt.

Des meubles... Une chaise en formica, sans dossier, une autre dont la paille pointe en lambeaux vers le sol, une table tout en longueur, gluante, graisseuse, avec aux angles des débris de toile cirée craquelée, des miettes de pain qu'une poule picore en faisant claquer son bec sur le bois nu; entassée dans un coin traîne une vieille vaisselle toute piquetée de mouches.

Des meubles... Contre la table, un banc noueux aux pieds rafistolés de fil de fer, tout hérissé de clous tordus. Un gros fourneau de fonte, fendu de toutes parts... Voilà ce qu'il en reste.

Un monceau de hardes sur une étagère attendant un futur lavage, la grisaille des murs où tranche le rouge d'un calendrier périmé vantant les mérites d'une trayeuse électrique, et puis la cheminée.

Une cheminée campagnarde, dans l'esprit du commun des mortels, cela évoque de douces images aux couleurs chatoyantes, une vie saine et simple, une bonne odeur de bois et de soupe mitonnant dans la grosse marmite fumante, cela évoque de longues veillées sereines au coin de l'âtre où la parole enfante de beaux enchantements...

Dans les pauvres demeures, elle chauffe les hommes tout autant qu'elle les gèle et les enfume lorsqu'elle refoule, par vent contraire ou par temps bas. Cœur de la maison, celles des plus anciennes bâtisses occupent tout un pan, empiétant largement sur la pièce. De larges dalles disjointes pavent le sol de ces vastes foyers dont le manteau, s'étirant jusqu'au plafond, supporte une étagère de bois décorée des festons d'une toile cirée à carreaux rouges et blancs sur laquelle s'amoncellent, épars, sous une couche noirâtre de crasse et de suie, le verre ventru d'une lampe Pigeon, quelques oignons secs, un piège à rats, deux ou trois bougies à demi consumées...

Au-dessus, accroché au mur, trône le fusil de la Manufacture. De part et d'autre, des chenets sommairement décorés – quelque buste de femme, quelque satyre barbu – des recoins sombres où s'entassent les bûches, toutes sortes de marmites, les cendres de la veille.

Pour s'asseoir, juste un banc sommaire ou une simple planche scellée dans le mur d'où l'on peut apercevoir, en levant la tête, le ciel et les étoiles tremblotant dans la fumée et, plus bas, la crémaillère suspendue au-dessus d'une plaque de fonte rehaussée d'un blason, le plus souvent fendue par le milieu.

A quoi pensent-ils, tous ces hommes dont le regard sombre s'anime lorsqu'ils fixent les flammes, les mains tendues vers la chaleur crépitante ? A l'hiver qui n'en finit pas, à la grêle qui a ravagé les blés, à la vache qui aurait dû vêler, ou à rien ? D'une braise cueillie au bout d'une pelle ils allument un mégot en inclinant la tête de côté pour ne pas se rôtir la moustache, prennent une chique et crachent un bon coup dans le feu.

Les femmes s'assoient rarement auprès de l'âtre; elles restent debout en se brûlant les jambes, brûlures qui leur font des marques brunes comme si le sang avait cuit sous la peau. Seules les vieilles y prennent place, tricotant de sempiternels habits de deuil, reprisant quelque chaussette, quelque bas en s'aidant d'un gros œuf de bois bien patiné glissé dedans la laine.

Un chien, un chat dorment dans un coin de la cheminée; jamais une caresse, pas même venant des enfants, des coups de pied plutôt... L'amour des animaux est une affaire de riches. Là-haut on ne peut pas se laisser aller à faire du sentiment; les bêtes sont faites pour aider les hommes et les nourrir : on se borne à leur donner à manger comme on jette une bûche dans le feu, pour l'empêcher de crever; lorsqu'une vache a livré son seau de lait, on passe à une autre sans la gratifier de la moindre tape amicale sur la croupe. Rien, jamais rien.

Pourtant, par les nuits froides, dès que les maîtres ont regagné leurs couches, la cheminée devient une arche de Noé peuplée de chiens, de chats, de poules et de poussins venus se grouper autour de l'âtre pour profiter des dernières braises dans une touchante harmonie.

Mais la misère n'est pas un décor. Elle marque d'une empreinte pathétique, indélébile les visages et les corps où elle s'est installée. La misère, ce sont ces yeux grands ouverts d'enfants apeurés qui me scrutent derrière des visages barbouillés de morve et de crasse. Ils sont là, ces enfants, dans leurs habits aux couleurs incertaines, fanés, usés, reprisés, trop longs ou trop courts, maintenus par des boutons dépareillés, par des ficelles de lieuse ou des bretelles délabrées. Ils sont là sous leurs tignasses sombres et laineuses que de maladroits ciseaux ont coupées, avec leurs mains sales, leurs genoux écorchés, leurs jambes couvertes d'impétigo, les pieds dans des brodequins sans lacets.

Et ce vieillard assis sur un tabouret à traire, emmitouflé sous une épaisse couche de gilets, de vestes et de cache-nez, un vrai portemanteau; le menton appuyé sur sa canne sculptée, il m'épie de son œil rougi qui coule en permanence.

La femme debout auprès de ses enfants porte une jupe retenue par un élastique qui apparaît à la taille, un tricot de laine constellé de taches. Encore jeune, déjà les marques de la vieillesse s'inscrivent sur son visage fatigué, usé, sans âge, sur son regard que ternit l'indifférence, n'exprimant plus depuis longtemps la plus fugace émotion.

Un enfant se cache le visage contre sa jupe informe en me lorgnant à la dérobée; doucement la femme le repousse, d'un geste doux comme une secrète caresse.

La misère est silencieuse. Les enfants, la femme, le vieillard me regardent et se taisent. Ni bonjour ni rien. Le vieux a bien marmonné quelque chose, mais c'était peut-être une injure. La femme s'essuie les mains sur la jupe et passe la porte de la chambre contiguë sans même m'inviter à la suivre.

Dans ces misérables tanières il n'y a bien souvent qu'une chambre sans chauffage encombrée de lits de fer, de matelas à même le sol, de berceaux aux planches mal jointes. C'est peu de dire qu'on y est à l'étroit. Pour arriver jusqu'au malade, il faut se frayer un passage entre les obstacles, enjamber une couche où dort un gosse. Partout sur les grabats un désordre d'habits, de vieilles couvertures, tas informes dans l'obscurité de la pièce. Quand il y a des draps, ils sont de toile grossière, plutôt gris que blancs, et les oreillers, lourds et graisseux, comme amidonnés par la transpiration. Sur le mur de plâtre nu des auréoles poisseuses indiquent l'endroit de la tête. L'atmosphère de la pièce respire le renfermé, une odeur âcre de poussière et d'urine mêlées.

Le lit défait dévoile le malade, puant de sueur et de crasse; gris sur gris, on le distingue à peine. La fièvre lui a collé les cheveux sur les tempes, sur le front et fait ruisseler des sillons noirâtres le long du cou. Lorsque je remonte sur la poitrine le tricot de peau en loques, verdâtre sous les bras, il se décolle en délogeant quelques puces qui changent de résidence et me grimpent le long de la jambe; je me gratte le mollet tout en continuant mon examen.

Sur le ventre, sur le dos et à l'intérieur des cuisses la crasse s'est incrustée, vieille de plusieurs années, tandis que les genoux laissent apparaître des îlots rosetés, irritation chronique due au frottement de l'étoffe rugueuse du pantalon. Quant aux pieds, ils ont fouillé la terre, pataugé dans le fumier et sont terriblement crasseux.

La misère, souvent héréditaire, imprime sur les corps des stigmates indélébiles : thorax creux et évasés, jambes mal plantées, cimetières de dents, autant de souvenirs cuisants d'une enfance rachitique, de carences alimentaires. En outre, les pauvres ne font appel au médecin qu'en dernière limite et le manque d'argent pousse à la négligence comme en témoignent les traces rétractiles de brûlures, les doigts recroquevillés par le phlegmon, les articulations qui ne fonctionnent plus, ou mal suite à une luxation ou à une fracture livrées à elles-mêmes, voire à un rebouteux malhabile.

Une écriture que l'on apprend à déchiffrer; une écriture de souffrance.

Quand la vie atteint le comble de la misère, l'ivresse est l'une des dernières ressources qui lui sont restées. L'homme s'est mis à boire et la misère s'en est aggravée. Il boit, il fume, sombres paradis dans un enfer vivant. Tous les jours il a besoin de sa dose de pinard acide, épais, comme on en fait au pays sur les coteaux exposés.

Au début, il a travaillé dur, sans ménager sa peine, puis un peu moins et à la fin plus du tout, abandonnant à leur sort bêtes et cultures. La femme a lutté et encore lutté, mais, fatiguée, désespérée, abrutie par le labeur et les enfants qu'elle a mis au monde tous les douze mois dans un tragique dénuement, elle a aussi baissé les bras; indifférente au bonheur des autres, aux soûleries de son mari, à son optimisme odieux, à sa paresse croissante, elle s'est tue.

Leur déchéance m'a donné l'envie de serrer l'homme à la gorge, de le traiter de salaud et je l'ai fait parfois en lui montrant sa femme, ses gosses, sa maison dégueulasse, ses terres en friche et ses bêtes qui ressemblent à des bicyclettes depuis que le foin s'est fait rare dans la grange, mais il n'était déjà plus au monde et se contentait de ricaner ou de me faire des serments en continuant d'engrosser sa femme quand il n'était pas trop ivre pour pouvoir le faire et suffisamment pour ne pas se rendre compte qu'il allait engendrer un malheureux. Combien de fois ai-je dit à la femme : « Bon Dieu! prenez vos gosses et foutez le camp tant qu'il est temps! » Apparemment convaincue, la mère acquiesçait mais ne partait jamais.

Personne ne peut plus rien pour eux.

En général dans ces fermes on a beaucoup d'enfants. Si la plupart d'entre eux prennent le chemin de l'école, ce n'est pas dans le dessein de les doter d'une instruction jugée vaine qu'on les y envoie, mais plutôt pour toucher les allocations familiales. C'est ainsi. Les plus favorisés se retrouvent parfois en pension à la ville où quelques-uns poursuivent des études supérieures. J'aurais pensé que les plus instruits s'éloigneraient du milieu familial : il n'en est rien et je suis toujours étonné de rencontrer de jeunes étudiants apparemment heureux de se retrouver dans leurs masures crasseuses, entre un père ivrogne et une mère décatie.

Seule la mort des anciens chassera les jeunes de ces tanières, de ces fermes des écarts, de cette terre maudite et pourtant aimée. Car y seraient-ils restés, animés de l'espoir insensé de lendemains meilleurs, s'ils ne l'avaient vraiment, viscéralement, aimée?

III

Comme les fermes des écarts sont souvent très éloignées les unes des autres, je me suis toujours demandé comment diable pouvaient s'y prendre mes prédécesseurs qui ne disposaient que d'une carriole pour tout véhicule – lorsque ce n'étaient pas leurs propres jambes qui étaient mises à contribution. Une visite tant soit peu lointaine les ravissait à leur cabinet pour la journée entière et parfois davantage, si bien que les gens d'autrefois attendaient longuement un secours qui tardait à venir. Partant, les urgences avaient largement le temps d'y passer. Quant aux accouchements, le médecin arrivait parfois à temps pour assister au baptême...

Fille de médecin, ma mère me racontait les équipées de mon grand-père alors qu'il exerçait en Lozère, un pays bien semblable au nôtre. Les déplacements s'effectuaient en voiture à cheval, conduite par un cocher qui logeait à la maison. Quand la neige rendait les chemins impraticables, c'est-à-dire quatre mois par an, le cocher troquait ses rênes pour les raquettes. Le matériel sur le dos, il faisait la trace. Sur le perron, ma grand-mère prodiguait des adieux émus à son mari, comme si elle ne devait plus le voir revenir de son expédition hasardeuse. Elle l'embrassait le premier, puis le cocher, car c'était une brave femme, lui demandant de bien prendre soin de son époux. Pourtant, par une nuit d'été, mon grand-père fut appelé ainsi au chevet du curé du village voisin. Il enfourcha sa bicyclette pour ne pas réveiller le cocher qui, lui aussi, avait eu une rude journée. Et sa carrière s'acheva au bas d'une côte, contre la charrette qu'un paysan avait oublié de remiser. Il mit deux jours à mourir. Cela lui laissa le temps de tout mettre en ordre, d'excuser le paysan, mais pas de se rendre en carriole à l'hôpital de la ville. Il avait trente-six ans et n'avait jamais pris un jour de vacances.

Aujourd'hui, on n'est jamais très loin d'un téléphone. « Docteur, votre femme a appelé..., il faut passer chez Régal à Arlerès. » Au cours de ma ronde, il y a toujours un épicier serviable, un cafetier aimable pour me faire de grands signes sur le bord de la route. Ma femme, elle, a tout un réseau dans sa poche. Un service comme celui-là ne se refuse jamais.

Jadis, on s'y prenait à deux fois avant d'avoir recours au médecin; les soins coûtaient cher et l'on se soignait en famille, ne faisant appel au médecin qu'en toute dernière limite, lorsqu'il était vraiment clair que la vie du malade ne tenait plus qu'à un fil. La situation a évolué avec les réformes sociales. Aujourd'hui, fût-ce pour le plus léger bobo, on n'hésite pas à me faire venir, de jour comme de nuit, ce qui fait qu'une bonne partie de la journée, je la passe au volant de ma voiture, d'une ferme à l'autre, d'un village à l'autre.

N'en déplaise à mon épouse, ma voiture est une maîtresse particulièrement possessive et constante. Pis, elle est une partie de moi-même et représente bien autre chose qu'un simple assemblage de tôlerie et de mécanique. Comme d'un moderne centaure, à la longue elle est devenue mon arrière-train. Sans elle, je suis infirme et, quand je marche, j'ai la sensation de m'agiter en vain tant le décor me semble inerte alentour. Chose vivante, bruyante ou silencieuse, que j'encourage ou insulte selon l'humeur, je me surprends à lui donner des coups de pied rageurs lorsqu'elle se montre récalcitrante à partir au travail. Au contraire, il m'arrive de lui flatter les ailes quand elle a triomphé d'un passage difficile. Les épreuves, la solitude, cela a tissé des liens entre nous.

Si à la maison je suis constamment à la merci du coup de sonnette fatal, par contre, ma plus sûre retraite est cet habitacle de métal et de verre. Peu à peu, j'y ai organisé ma vie. Entre deux visites, sur ces routes torturées que je dévore à tombeau ouvert, je lis, je mange, je fume, je médite. Je me défoule aussi de la tension de ma diabolique matinée de consultations en faisant hurler le moteur et les pneus; je braille à tue-tête la dernière ritournelle en vogue, en toute impunité. A mes instants de compassion, je plains les pauvres confrères de la ville, tout engloutis qu'ils sont dans leur embouteillage en quête d'un stationnement... L'un d'eux, praticien à Lyon, me confiait que, pour se détendre, il se plaisait à lacérer des torchons et à massacrer des manches de balai. Qui dit mieux ?

Mais vite la furie fait place à la rêverie. La route, c'est un moyen de résoudre les problèmes de fond, médicaux ou personnels, diagnostics difficiles à établir dans la fièvre de la consultation, soucis familiaux... C'est aussi la récréation, l'occasion privilégiée de mettre bas le masque et de me retrouver. Je ne m'ennuie jamais lorsque je me rencontre, je me fonds en moi-même et la voiture fait ce que bon lui semble... C'est ce que les marins appellent le pilotage automatique. La moelle épinière suffit amplement à contrôler ma dérive et me laisse le loisir d'une conversation intime. Et voilà comment je me retrouve en pleine nature après avoir dépassé depuis belle lurette le carrefour où je devais bifurquer... J'avoue que ce genre de mésaventures est de moins en moins fréquent; je me contrains à émerger de temps en temps. « Ah! la croix du Gibet..., le grand virage..., la ferme brûlée..., j'ai encore le temps. » Je replonge dans mes délices.

C'est également en voiture que j'épluche mon courrier. Un oignon quotidien qui dépasse allègrement le kilo. D'une main, je tiens le volant, de l'autre je trie. Je réduis la paperasse en boulettes que j'expédie par la fenêtre, jusqu'à ne plus avoir sur la banquette qu'une dizaine de grammes de papier digne d'attention, et l'insigne satisfaction de participer à l'information des chiens errants sur les dernières trouvailles de l'industrie pharmaceutique.

La banquette arrière, elle, est envahie par une véritable brocante, un matériel hétéroclite destiné, en principe, à me préserver contre toute mauvaise surprise. Il est franchement irritant de se trouver à vingt kilomètres de son cabinet en panne d'une maudite seringue, lesquelles, on le sait, jonchent rarement les champs de blé. Aussi, je tâche de conserver complète ma panoplie du parfait médecin de campagne.

Un médecin qui se respecte ne peut décemment échapper davantage à la traditionnelle serviette de cuir. Je ne faillis pas à la règle. Pêle-mêle, elle contient les instruments de première nécessité :

le stéthoscope qu'il ne faut pas oublier en hiver de réchauffer de la paume avant de l'appliquer sur le dos du patient, la lampe de poche avec sa pile de rechange, que les cahots se chargent régulièrement d'allumer, l'appareil à tension dont le brassard et la tuyauterie fuient en permanence. Il y a aussi le marteau à réflexes, terreur des enfants, dont le caoutchouc s'émiette, se sèche ou devient tout pégueux sous l'effet des variations thermiques.

La boîte à pansements, c'est une valise de faux cuir avec un sandow en guise de fermeture. A l'intérieur, un invraisemblable fouillis de coton, de fioles mal rebouchées, maculant à l'envi pansements et compresses : le mercurochrome les rougit, le savon liquide se répand en un rose gluant. La valise, le matériel, le siège, tout y passe sans vergogne.

Derrière la place du passager, j'accumule aussi en vrac, dans un carton, les médicaments pour les urgences. Un capharnaüm de suppositoires qui fondent au soleil en graissant les boîtes, d'ampoules de gardénal qui ne résistent pas aux soubresauts et distillent en se brisant une odeur des plus suaves...

Mais, vaille que vaille, j'ai ainsi de quoi dispenser les premiers soins. La nuit, c'est capital. Il m'est bien sûr possible de descendre un malade à Saint-Sébastien, mais, une fois en bas, qui diable le remontera chez lui ? Je ne dispose en outre que d'une pharmacie rudimentaire dans mon cabinet et Mlle Clozel, notre pharmacienne, ne juge pas indispensable de garder sa boutique ouverte vingt-quatre heures sur vingt-quatre, on la comprend. Dans la mesure du possible, j'évite de la réveiller trop souvent.

La nuit, on le sait, est angoissante pour le

malade : une bonne piqûre d'antibiotiques, quelques comprimés sur la table de chevet et le malade, rassuré, se sent déjà mieux, et la famille respire.

Il y a belle lurette que j'ai renoncé à utiliser le cendrier de la voiture. Peut-être, à l'origine, une allumette s'est-elle coincée sous le tableau de bord, je ne sais; la paresse et la distraction ont fait le reste. Le plancher est constellé d'allumettes, de mégots, de culots de pipe à moitié fumés, le tout pris dans un magma de boue, de neige fondue, de gravillons et de peaux de bananes. Une porcherie. Ni les banquettes ni mes habits ne sont épargnés par cette pluie vésuvienne de cendres et d'escarbilles.

Quant à l'extérieur du véhicule, il ne détonne pas. La carrosserie peut se targuer de n'avoir jamais subi l'outrage des produits détergents. Comme si on avait le temps! La couleur est en harmonie avec les saisons : noirâtre au sortir de l'hiver, elle s'illumine sous les orages printaniers pour virer au gris poussiéreux l'été. Le pare-brise hésite entre le gris sombre et le gris clair selon la subtile balistique des essuie-glaces, et je fournis des efforts démesurés pour imaginer la route entre les moucherons pétrifiés.

En hiver, mon habitacle est un frigo, mais l'été c'est une étuve. Le pire, c'est pendant les orages du mois d'août : toutes vitres barricadées, je suis heureux comme un palmier dans sa serre.

Au pays, tout le monde connaît ma voiture, reconnaissable à son délabrement avancé et à sa saleté chronique tout autant qu'à ma façon pour le moins sauvage de piloter. A mon passage, c'est à qui se croira obligé de plonger dans les orties. Instinct de conservation, pour sûr, mais aussi scrupule : on s'imagine à tort que je fonce perpétuellement au secours d'une femme dans les douleurs, ou que je vole obstruer une hémorragie cataclysmique. Le car descend dans le fossé, le tracteur grimpe sur le talus, les vaches affolées enfilent le premier chemin venu sous les clameurs des chiens. Placide, le berger brandit son drapeau rouge et attend que ça se passe.

Il en est un qui ne se bouscule pas, par contre, c'est Joseph, mon ami le cantonnier d'Arlerès. Officiellement, il est chargé de l'entretien des fossés, mais il est si vaillant, le Joseph, que son ministère s'inscrit davantage dans un programme de protection de la nature. Les premiers temps, je le rencontrais sur le bord de la route, une pelle sur l'épaule, assis dans sa brouette vide. Depuis, il a abandonné ces ustensiles encombrants pour un outil, fruit de son ingénieuse industrie : une serpette minuscule emmanchée sur une branche de noisetier grosse comme le doigt. Visiblement, cela ne peut faire le moindre mal aux pissenlits, mais c'est tellement plus léger à l'épaule... Quand je le croise, entre la sieste et la partie de boules au village, on dirait qu'il monte la garde au milieu des coquelicots. Sacré Joseph ! lorsque rien d'urgent ne me tanne, il m'arrive de m'accorder une pause et d'échanger avec lui quelques propos légers, les fesses dans la verdure et les yeux dans les blés. J'aime sa gentille simplicité, ses silences amicaux, son humour très discret, quelques instants avec lui sont la paix retrouvée.

On nous promet pour bientôt un service de ramassage scolaire. Espérons. En attendant, la plupart des enfants partent le matin à l'école à pied et à pied s'en retournent chez eux après la classe le soir. Par tous les temps.

Avec les beaux jours, je les rencontre en bandes, divaguant joyeusement sur la route. A mon coup de klaxon, ils s'égaient dans la nature comme une volée de moineaux. De leurs pères, ils ont la démarche mesurée et déjà le béret. A leur bras, un panier d'osier qui renferme, épars, livres, cahiers, plumiers, restes du goûter et l'indispensable fronde qu'ils manient avec plus de dextérité passionnée que la sergent-major.

L'hiver, quand ils sortent de l'école, la nuit est presque tombée. Tête baissée, courbés en deux, ils marchent à la queue leu leu, emmitouflés dans une pèlerine de drap noir qui, à l'endroit du panier, fait une grosse bosse. Sous la burle, sous la pluie, ils rabattent leur capuchon et s'entourent le visage d'une longue écharpe de laine. Leurs galoches de bois claquent sur le goudron. Dans les sentiers enneigés, ils forment une procession pathétique et fragile qui s'enfonce lentement vers l'invisible. Arrivés à la ferme, ils tendront leurs mains rougies à la morsure des flammes, dormiront dans une chambre glacée; demain, il faudra repartir.

En été, bien sûr, ils se lèvent avec le soleil pour aider leurs parents aux foins et à la moisson, si bien qu'au soir, éreintés, courbatus, ils rêvent de la rentrée des classes, de leur nouvelle maîtresse et de ces maudits devoirs.

Concurremment avec le curé, le médecin est considéré comme quelqu'un de serviable. Ainsi, nombreux sont ceux qui n'hésitent pas à me héler pour se faire véhiculer – du moins ceux qui ne redoutent pas les émotions fortes. J'embarque le chasseur et son chien tout crotté qui m'abandonne les plus voraces de ses puces, le gamin surpris par la nuit en rentrant de l'école, un lot de garnements de retour de la baignade : ils s'entassent dans la voiture qui se met à ressembler à une piscine...

Mais le plus redoutable, c'est la paysanne qui va vendre ses volailles au marché, la cliente qui me reconnaît et que je ne peux ignorer sur le bord du chemin. La paysanne, passe encore, quand elle ne s'installe pas avec deux énormes paniers qui dégorgent de fromages au fumet aussi subtil que pénétrant, ainsi que tout un assortiment de pintades, de poules, de canards qui aspirent à la liberté dans une cacophonie délirante... Alors, contre la portière et par la force des choses, je me fais tout petit et passe discrètement le museau à la fenêtre. Ma mission accomplie, j'ouvre grand les vitres pour aérer un peu. A quoi bon ? d'un marché à l'autre, la bourrasque la plus démente n'y pourrait rien changer.

La nuit, les rencontres sont rares, les routes sont inquiétantes. Parfois, des ombres fugaces surgissent sous les phares. Un buisson, un rocher ou un homme ? Les seules voitures que je croise sont alors celles des confrères. Je les repère de loin à leur façon de conduire encore plus sauvage que la mienne. « Tiens, Dumas... Où va-t-il à une heure pareille ? Accouchement ou crise cardiaque ? Je parierais qu'il se pose la même question à mon sujet... » On s'est salué d'un appel de phares, et chacun continue vers son tombeau ouvert.

Si, il est un véhicule que je rencontre souvent, la camionnette des gendarmes. Je m'exerce à la repérer. Bien que les médecins jouissent d'une quasi-impunité, on ne sait jamais... D'ailleurs, ce n'est pas très difficile : ils choisissent toujours les mêmes planques illusoires. Messieurs les braconniers, gare à vous !

Car, par les forêts, le claquement sec d'une détonation déchire parfois le voile de la nuit. Un seul coup, le plus souvent, dont l'écho s'en va mourir contre les bois et les vallons pour que renaisse le silence inquiétant de la montagne. Situant au jugé l'endroit d'où le coup est parti, je me dis que, cet hiver, les Dufaud n'auront pas besoin de tuer le cochon..., à moins que cela ne soit ce coquin de Clémençon...

Pauvres gens de là-haut, braves gens, qui aurait donc le culot de vous le reprocher, vous qui vous tuez au travail sur une terre où le genêt pousse mieux que le blé, qui n'avez que deux vaches et trois chèvres dans l'étable, mais tant d'enfants à la maison, qui ne mangez jamais que de la tomme et des patates, vous qui avez eu la malchance de naître ici, au pays de la burle ?

Moi qui n'ai pas faim, j'ai pourtant pris dans mes phares des quantités de lapins, de lièvres et d'oiseaux de nuit. Je ne peux résister au désir sanguinaire et gratuit de m'offrir un capucin clandestin. Heureusement, à ce petit jeu-là, mes échecs sont monnaie courante : ma voiture, haute sur pattes, se contente de chatouiller les oreilles de l'animal sans lui causer le moindre mal; il en est quitte pour une belle frousse. Moins sensible que moi, un ami de Saint-Sébastien (bien que le fait soit notoire, je ne divulguerai pas son nom, car mon ami est, de surcroît, une bonne gachette) a équipé sa voiture d'un fil de fer tendu transversalement sous le châssis. A ses dires, le rendement est tout à fait remarquable. Avec moi, le gibier, bien que la lutte demeure inégale, conserve quelque chance : un magnifique lièvre – gros comme un chien, certifierait un chasseur –

surgit. Il se dresse, les oreilles pointées vers le ciel. Pleins phares, nous engageons une lutte à mort. Coup de volant à droite : manqué. Même chose à gauche, mais j'ai failli atterrir contre la murette qui borde la route. J'ai eu chaud. Appel d'avertisseur (cela ramène l'animal au milieu de la chaussée : un truc à savoir) suivi d'un violent coup d'accélérateur... Le lièvre évite de justesse ma roue avant et disparaît sous le châssis. Sauvé... jusqu'à l'ouverture.

Car les chasseurs sont beaucoup plus dangereux pour le gibier que les automobilistes, pour la simple raison que les voitures privées sont encore très rares dans la région. Même s'il existe quelques paysans plus aisés et plus aventureux que les autres à avoir bravé les affres de l'examen du permis de conduire. Ah ! cette feuille rose, elle en suscite des tourments ! La conduite, passe encore, mais le code, quelle plaie ! quelle injustice ces feux tricolores, ces passages cloutés dont on ne verra jamais la couleur sur nos montagnes ! J'en connais qui ont acheté leur Juvaquatre depuis des années — je n'ai jamais compris pourquoi ils étaient si friands de ce modèle — sans avoir pu décrocher leur permis. La voiture attend sous la remise, bien à l'abri sur ses cales. « Ce sera pour le fils. » Une manière de régler élégamment son compte au progrès.

Quand l'hospitalisation d'un malade est nécessaire, j'ai recours aux services des taxis. Ils sont trois à Saint-Sébastien à se disputer mes faveurs. Cela ne va pas sans risques : si j'ai le malheur d'envoyer Gilbert deux fois de suite chercher un malade, j'encours la mise en quarantaine par ses confrères. Aussi, je veille scrupuleusement à les faire travailler chacun à leur tour.

La nuit, si les routes de la région ne sont guère encombrées par le trafic automobile, il ne faudrait pas s'imaginer qu'elles sont désertes pour autant. Ainsi, un vélo renversé sur la chaussée, un corps allongé contre un talus sont des signes qui ne me trompent plus. Des trente-deux bistrots en activité à Saint-Sébastien, où l'on s'abrutit à la gnôle et au gros rouge, le retour à la ferme outrepasse souvent les forces des victimes. On s'écroule dans le fossé. Le vin est triste par chez nous.

On commence par de multiples stations qui se prolongent, qui s'éternisent, jusqu'à la pause finale dont on ne se relève qu'au matin, pâteux, pour le petit déjeuner, au gros rouge.

Combien en ai-je ramassé, de ces suicidés! Tiens, le dernier, cela ne remonte pas à huit jours... J'avais été appelé de nuit chez les Monsal, aux Avants. En sortie de virage, un vélo en travers de la route. Par miracle, je parviens à l'éviter. Accident? Je m'arrête et approche... Ecroulé les quatre fers en l'air, je reconnais le triste sire... Je me suis encore fait avoir!... Abandonnant sur place le vélo – une ruine pareille, personne n'en voudra – je hisse péniblement mon homme, soûlé à mort, à l'arrière de la voiture, et le case tant bien que mal sur la banquette. Enervé, je lui claque la portière sur le pied, ce qui lui fait lâcher un borborygme haineux.

« Fous-moi la paix ou je te laisse dans ton fossé! »

Si je le connais, le drôle? Pas un talus qu'il n'ait honoré de ses comas vingt lieues à la ronde! Je ne le situe que sous son surnom. « La Pompe », on l'a baptisé au village. Un pudique euphémisme. Il n'habite pas loin, dans une grande ferme qui conserve une façade aisée mais qu'il a peu à peu irrémédiablement transformée en un taudis abominable.

Dieu, qu'il est lourd, le salaud! J'arrive malgré tout à l'allonger sur son grabat en remerciant le ciel que sa chambre ne soit pas à l'étage. Il marmonne un grognement et sombre aussitôt.

Triste, ce pauvre type qui s'est mis à boire et qui est tombé dans la débine... Sa mère n'a pas résisté, le chagrin l'a emportée. Poussé par le besoin, il a essayé de vendre ses vaches : trop maigres, personne n'en a voulu.

Tous les matins, la Pompe monte son seau de dix litres de vinasse, puis il attaque à la louche jusqu'au soir. Je le regarde ronfler, la bouche grande ouverte sur ses chicots. Sa moustache frissonne au rythme de la respiration. Par moments, il marmonne quelque chose en ouvrant des yeux jaunes, des yeux striés de sang qui ne regardent nulle part.

Alertée par le bruit de la voiture, une voisine est venue aux nouvelles :

« C'est-y pas malheureux de voir ça, me dit-elle en haussant les épaules, dire, docteur, que c'était quelqu'un avant..., instruit et tout!... »

... Le surlendemain, je suis tout surpris d'ouvrir sur la Pompe la porte de ma salle d'attente.

« Des filles, combien vous en avez? me demande-t-il sans préambule.

– Trois.

– Vous leur donnerez ça à chacune. »

Sans autre explication, il me plante là, avec trois louis d'or qui brillent sur mon bureau...

La Pompe et ses frères de détresse ne font pas de manières, s'adonnant à leur vice au vu et au su de tout le monde. Finies, les mascarades, plus rien ne les peut atteindre.

Mais il y a aussi les honteux. Ceux qui tentent de cacher aux yeux des autres leur sinistre penchant. Et ceux-là c'est sur la « route de la gnôle » qu'on les trouve. Ce chemin mal empierré qui franchit le col des Ronces au milieu des genêts pour se perdre du côté des fermes du bout du monde est une institution locale. Bien souvent nez à nez avec des voitures tous feux éteints au milieu du passage, je suis longtemps resté perplexe sur les agissements de ces citoyens jusqu'au jour où l'on m'a dit :

« Comment, docteur, vous ne connaissez pas la route de la gnôle ? »

Un autre soir – en octobre dernier, je crois – je roulais dans un des coins les plus déshérités du canton que le crépuscule brumeux de l'automne rendait plus déprimant et plus sinistre que jamais. Deux ombres, une femme et une fillette, courent sur la route et me font de grands signes désordonnés. La femme, affolée, à bout de souffle, me raconte que son mari, ivre mort une fois de plus, les a fichues à la porte et les poursuit armé d'un fusil de chasse. Puis, sans me demander mon avis, elle pousse la gamine dans la voiture en me disant qu'en ce qui la concerne elle irait se réfugier pour la nuit dans la grange des voisins. A la maison, ma femme accueille sans sourciller la fillette et la couche dans un lit jumeau à côté de l'une de mes filles que l'événement n'a même pas réveillée. Le lendemain, la mère venant récupérer son enfant nous gratifie d'un grand sac de pommes.

Un mois plus tard, j'apprenais que le père s'était tiré un coup de fusil en pleine figure, regretté par son épouse et ses enfants qui avaient déjà oublié les injures, les menaces et les coups.

La nuit, en voiture, je n'imagine jamais que c'est pour une banale grippe que l'on m'a appelé. C'est plus fort que moi. Confusément, les mains crispées sur le volant, c'est toujours vers le pire que je fonce. Alors, il suffit de peu : un lièvre qui détale, un taillis qui frémit, et tout devient suspect, inquiétant. L'imagination se débride et le cœur tressaille. Je me sens happé à la lisière d'un monde fantastique et secret, un monde que les premières lueurs dissipent. Ce pays, la nuit, est habité de mes frayeurs, de mes angoisses. Elles s'incarnent sous les traits d'un être démesuré, une sorte d'épouvantail animé que mes phares certains jours découvrent à demi. Un vieillard décharné, barbu, hirsute et loqueteux, borgne de surcroît. Il semble évadé tout droit du laboratoire de Frankenstein. Quand je le croise, j'ai le coup au cœur de celui qui se trouve soudain confronté à la substance de ses frayeurs. Ebloui, il agite, désespérément ses longs membres, comme un vampire débusqué par l'éclair fatal. Seul dans la voiture qui me semble devenue un objet démoniaque et étranger, je me force à rire; mais le cœur n'y est pas.

Cet homme étrange, inquiétant, habite seul une maison en ruine dans un hameau abandonné. Le hameau de Farjot. Par dérision, les gens de la vallée l'ont intronisé « maire de Farjot ». A longueur de nuits, il arpente la campagne vers on ne sait quel terrible rendez-vous. Pour moi, c'est certain, l'homme a pactisé avec la burle, avec les puissances souterraines qui hantent le pays. Les gens d'ici conjurent le bonhomme en le classant parmi les détrousseurs de poulaillers. Mais allez donc savoir...

De toute façon, on ne confie pas certaines choses à un étranger. J'imagine que, dans les coins reculés, subsistent, enfouies au tréfonds de ces âmes simples, des croyances inavouables, je suis persuadé qu'on se livre encore à des rites d'envoûtement, à de mystérieuses cérémonies secrètes, mais on ne m'en a jamais soufflé mot, fût-ce par allusion. A quoi bon me le cacher? Je suis et resterai un étranger.

Comme ailleurs, les fées et les lutins ne manquent pas au pays – du moins leur souvenir, comme l'atteste le nombre impressionnant de « grottes aux fées » qui, çà et là, s'enfoncent dans les ténèbres de ces terres secrètes. Cela, on ne me l'a pas davantage confié.

En revanche, on ne s'est pas privé de me raconter tout un florilège de légendes pieuses d'inspiration chrétienne, ni de me faire visiter quelques-uns des hauts lieux où ces croyances prennent une forme palpable, comme ces nombreuses empreintes des genoux de la Sainte Vierge ou de la main de Jésus imprimées ici et là dans la roche, comme ces puits au fond duquel on peut, lorsqu'il est à sec, voir la trace du pied de la Vierge...

Présente dans les cœurs, la religion inscrit tout autant sa marque dans le paysage. Des églises, des chapelles, bien sûr, mais aussi une profusion de croix, rappelant constamment à l'ordre les oublieux. Elles sont le plus souvent plantées à l'abord des chemins creux, ces recoins tranquilles traditionnellement consacrés aux bucoliques fredaines...

Pour les paysans, la croix se borne cependant à un repère : « Docteur, vous verrez, il y a une croix..., vous pouvez pas vous tromper! » m'assurent-ils sans la moindre ironie. Précieuse information, certes, mais comment diable s'y retrouver au milieu de ces croix de granit gris estropiées par le gel et dont les moignons exhibent quelques motifs floraux, parmi toutes ces croix de fer rouillées, rafistolées d'une plaque et de trois boulons, ou encore ces croix d'un bois délavé par les intempéries et pourri par l'âge ?

Certaines, plus célèbres que d'autres, ont le privilège de porter un nom, comme la croix du Gibet. Sinistre privilège en vérité pour un non moins sinistre endroit, désert, battu par tous les vents. L'on y rendait, paraît-il, une justice expéditive. Aujourd'hui le site n'est plus fréquenté que par pies et corbeaux qui restent impassibles sur mon passage, espérant patiemment le retour de l'âge des monstrueux festins dont leur mémoire ancestrale semble conserver la nostalgie...

Oui, on fait de bien étranges rencontres par ces routes. Il faut dire qu'avec mes milliers de kilomètres annuels je suis aux loges.

Toute l'année, je dévore routes nationales, chemins vicinaux, sentiers à vaches, dévale des chemins transformés en rivières à la fonte des neiges, des ruisseaux asséchés en été... D'une visite à l'autre, c'est tour à tour un bolide de course et un bulldozer des Ponts et Chaussées que j'ai entre les mains. Je fends les congères et arrache les genêts de mon pare-chocs, dérape sur la glace, gicle sur les gravillons et les bouses de vache, m'embourbe, m'enneige, me plante contre des rochers... Cauchemar de mon garagiste, ce héros de la mécanique capable de tirer des merveilles de sa clef à mollette et d'un simple tournevis, terreur des revendeurs, mes voitures passent de vie à trépas l'espace d'une saison, pour échouer entre les mains de quelque inconscient, si ce n'est directement à la casse.

J'ai appris à passer les vitesses à grands coups de pied lorsque mes articulations me font trop souffrir, appris à déceler à l'oreille un moteur qui tourne sans huile, à rouler la nuit avec une voiture borgne, ou même sans phare du tout. Une pratique qui me suscite les suggestions répétées mais discrètes de mon ami Cabridens, le brigadier de Saint-Sébastien : « Docteur, quand vous aurez un moment... »

J'ai pétrifié d'épouvante mes passagers d'un jour, comme, parmi tant d'autres, ce gentil franciscain qui s'agrippait à son chapelet... Mes pneus crèvent, éclatent, se lacèrent sur le granit des chemins, dans les ornières du dégel, contre les blocs de glace. Je change les roues sous la pluie, dans la boue, sous la canicule, dans le noir, la lampe de poche entre les dents...

Sur le chapitre des crics, je suis incollable : il y a celui qui coince, celui qui boite, celui qui s'enfonce dans le goudron, celui qui cabosse les ailes. Sans oublier le pire de tous, celui qui est resté au garage... Alors, je suis bien obligé de me débrouiller; et cela, on ne me l'a pas appris sur les bancs de la faculté.

Je ne compte plus mes accidents. Effacés. Par contre, je conserve une reconnaissance éternelle envers tous ces braves paysans qui n'ont jamais ménagé leur peine pour venir à mon secours aux moments difficiles. J'ai été sauvé par des attelages de bœufs lorsque ma voiture menaçait de dégringoler dans le ravin, par des gamins minuscules aux commandes d'énormes tracteurs, par leurs grands frères, par leurs pères; ils se sont esquintés pour moi pendant des heures, par tous les temps, pour me tirer du mauvais pas où mes imprudences m'avaient fourré. Car c'est une règle d'or : au *médichi*, qu'on soit ou non son client, on lui doit assistance, toutes affaires cessantes.

Malgré les mésaventures, la voiture reste mon plus fidèle allié. Cependant, il faut se rendre à l'évidence, ce n'est quand même pas un tank : il est des endroits, particulièrement scabreux, où elle ne m'est plus d'aucune utilité. Restent les jambes.

Ainsi, quand un coup de fil m'appelle à Pojot, un hameau perdu au fin fond des neiges, je suis inabordable pour le restant de la journée. Le bout du monde me réclame. D'habitude, pour me faciliter la tâche, on me délègue le fils qui m'attend à la croix du Gibet. Quand je finis par le joindre, l'heure du rendez-vous est toujours largement dépassée.

« Donnez donc votre serviette, docteur », me propose-t-il rituellement.

Question de dignité, je refuse, et pars en tête au pas de course.

Six heures du soir et encore quatre visites... Lui derrière et moi devant, nous trottons presque à travers la lande, la forêt, trébuchant sur la pierraille, glissant sur les aiguilles de sapin. Ça monte, ça descend, les vallons se succèdent, les crêtes défilent... on n'en finit pas. Un paysage éblouissant s'offre à mes yeux dédaigneux. Qu'est-ce que je peux m'en balancer ! Je change de plus en plus fréquemment ma serviette de main, elle pèse un âne mort maintenant. Mais qu'est-ce que j'ai fait au bon Dieu ? S'ils m'ont appelé pour rien, ils vont m'entendre !

Encore cent mètres et je rebrousse chemin...

Enfin ! voilà les premières cultures que m'annoncent quelques bouses de vache.

« Nous y voilà, docteur. »

Essoufflé, le cœur battant, j'oublie ma rancœur. Toutes ces maisons isolées ont un air de famille. De granit gris, l'habitation, les dépendances et l'étable sont le plus souvent d'un seul tenant. On survit là, de quelques bêtes et d'un lopin de terre.

La façade est percée de minuscules ouvertures que l'« architecte » a distribuées au gré de l'inspiration du moment : elles ne laissent filtrer qu'une timide lumière durant la journée. Les belles lauses dont sont recouvertes les toitures du plateau n'arrivent pas jusqu'ici, où les tuiles romanes, vertes de mousses et de lichens, prédominent.

L'isolement des habitants de Pojot est terrible. Ils passent le plus clair de leur temps à courir la campagne en quête de l'indispensable ravitaillement, et l'hiver il faut se battre avec la burle dans un chemin où l'on s'enfonce dans la neige jusqu'aux genoux. Il va sans dire que, pour les soins médicaux, les malades ont cent fois le temps de mourir en attendant le médecin.

Au début du mois d'août, un orage terrifiant s'est abattu sur la région. Un de ces orages qui vous transforment les sentiers en torrent, qui font quitter leur lit aux rivières; déchaînées, elles arrachent tout sur leur passage, elles charrient les arbres déracinés, elles roulent les roches en un vacarme lugubre.

Au plus fort de l'orage, au fond d'une vallée hostile, la vallée de Brudon, un vieux paysan s'était réfugié sous sa grange. Attaqué par les eaux, le mur s'est effondré sur lui. Il est mort à petit feu sous les yeux de sa femme et de ses gosses, dans une solitude intolérable. L'aîné était allé chercher au loin un secours inutile.

Devant de tels drames, on pleurerait de rage.

Mais qu'est-ce que vous attendez pour décamper? Qu'est-ce que vous espérez? Un miracle?

vous savez bien qu'on ne fera rien pour vous, que vous êtes condamnés... Pensez à vos enfants !

De toutes mes forces, j'essaie de les convaincre de quitter ce pays qui aura leur peau, ce pays qui aura le dernier mot sur l'homme. En vain.

Alors, il me faut bien continuer mon existence de forçat et je me réfugie dans le surmenage, dans l'absence de sommeil, dans mes records quotidiens, m'abrutissant pour oublier mon impuissance. Mais il y a des moments où ça fait mal.

Le plus intolérable dans la hiérarchie de l'injuste, c'est lorsque c'est la vie d'un enfant qui est en jeu. Car on meurt jeune au pays.

Très tôt assujettis aux plus durs labeurs, trop souvent mal et peu nourris, ils ne résistent pas et s'en vont aussi vite qu'ils sont venus. Leurs parents, parfois sincèrement éprouvés par le chagrin, accueillent le plus souvent la perte de l'un des leurs avec résignation, et certains, enfoncés encore plus avant dans la misère, regrettent dans leurs enfants morts la disparition d'un simple outil qui faisait partie de leurs biens. Ici, sentiments ou leur absence, tout doit être pesé à l'aune de la misère, seule maîtresse à bord de ce vaisseau de naufragés.

Quant à moi, lorsqu'il n'est pas trop tard, ce qui se révèle parfois la triste évidence, avec les pauvres moyens dont je dispose, je ne peux mieux faire que de tout tenter pour sauver ces vies qu'un fil ténu suspend encore.

Je crois que je n'oublierai pas de sitôt ma descente de la *ferme de la falaise*, par un après-midi d'hiver, un gosse à deux doigts de la septicémie entre les bras.

Il venait de tomber trente centimètres de neige. Arrivé à flanc du col des Faucilles, la voiture refuse tout net d'aller plus avant. Ma serviette bondée à la main, chaussé de stupides mocassins, j'attaque le chemin, sous la burle. Malgré quelques glissades, j'arrive sans trop d'encombre à la ferme en contrebas. Le diagnostic est rapide : le gamin traîne une appendicite depuis plusieurs jours. Il faut l'opérer d'urgence. Bon Dieu de Dieu, est-ce que j'arriverai à temps? Et me voilà parti avec le gosse de huit ans dans les bras et la rage au ventre. Maudit pays. Le père, devant, me fait la trace et porte la serviette. Les bras occupés, la neige me coule dans les yeux. Je n'y vois rien. Je tente l'impossible pour éviter de me casser la figure. A mesure que la pente se fait plus raide, le poids me courbe en deux. J'ai mal aux bras, aux épaules. La sueur me brûle le dos tandis que la burle glacée me gifle le visage. Par éclairs, j'ai des visions de soupe fumante, de fauteuils accueillants. Pareille épreuve, ça n'arrive qu'à moi! Et le gosse qui fait exprès de peser! Je sens que je vais abandonner, me coucher dans la neige. Mes pas mal assurés secouent le gamin, il pleurniche doucement. Devant moi, le père est courbé en deux et peine, s'enfonçant parfois jusqu'aux genoux. Nous avançons lentement, sans un mot. Mon regard se fixe un instant sur son fond de culotte : une grosse pièce mal cousue d'un tissu à rayures horizontales sur un pantalon rayé dans l'autre sens... Je réprime un éclat de rire nerveux.

Le père a maintenant son enfant entre les bras et j'entends son souffle rauque derrière mon dos. Malgré la nuit qui vient de tomber, je me sens soudain léger, léger...

Vite, la voiture. Dégager le pare-brise de la neige que la burle a plaquée. Sur la banquette arrière, l'enfant s'est assoupi contre son père. J'ai froid, j'ai faim, j'ai mal partout.

« Je vous poserai au taxi de Monsardier. »

Dans le rétroviseur, je croise le regard de l'homme. Un regard désemparé, pathétique; il exprime pudiquement toute la misère du monde. Il se penche en silence sur le visage endormi de son petit. Imperceptiblement, ses traits s'adoucissent.

« Vous inquiétez pas, on ira jusqu'à l'hôpital. »

Nous dépassons Monsardier, et c'est la plongée vers la vallée, vers l'hôpital, vers la vie.

Tant pis pour les pantoufles.

Ces épreuves, à la longue, ont fini par me transformer le caractère. Je suis devenu susceptible, irascible. Un rien m'accable. Les premières personnes à en pâtir, ma femme, mes enfants et ma brave Rosa. Aujourd'hui, je suis un sale goujat qui n'hésite pas à balancer au visage de celui qui a la malchance de se trouver devant moi à un mauvais moment le carnet de rendez-vous, ou même le casse-croûte qu'on m'a préparé.

Je suis devenu rancunier. Par exemple, ce n'est pas sans un pincement au cœur que je passe par une ferme où j'ai un temps exercé mes talents et devant laquelle trône aujourd'hui la voiture du confrère. Insolente. Au passage, mon pied se crispe sur l'accélérateur. « Bande de vaches ! amusez-vous à m'appeler quand personne ne daignera se déranger ! vous allez m'entendre ! toujours pour moi le sale boulot ! » Mais qu'ai-je donc fait pour mériter la disgrâce ? Que n'ai-je pas fait ? Mentalement, je me remémore la congestion de la patronne, l'angine du gamin... J'ai beau chercher la faute, je plaide non coupable.

Dur métier où rien n'est pardonné. Un mot de trop, une omission, et, du piédestal d'où vous dominiez le paysage, vous tombez en disgrâce, comme un malpropre. Alors, je balaie mon dépit en songeant aux fermes amies où je suis comme chez moi.

Un grand nombre de ces habitations qui parsèment la campagne abrite, heureusement, des clients qui me sont restés fidèles. Au fil de la route, ici une toiture rosie par le soleil rasant, là une cour caquetante, accrochent mon regard en m'évoquant des visages connus, des moments difficiles comme des instants chaleureux.

Cette imposante bâtisse haute sur pattes surplombant le virage sec de l'entrée des Ubacs me rappelle la naissance du douzième héritier de la mère Crémilleux; un travail de tout repos, la maman n'en était plus à son coup d'essai...

Plus loin, vers Côte-Rôtie, une maison que mordore une envahissante vigne vierge me ressuscite l'image d'une pauvre femme mourant d'un cancer à la vessie. En hiver, sa chambre était si froide que l'urine gelait dans le vase en faïence, et, quand elle se dévêtait, tout son corps fumait comme un cheval fourbu.

Là, à deux pas de chez elle, un vieux paysan manchot habite cette petite ferme sans étage. Un jour, comme il se tenait devant la cheminée, une violente crise d'épilepsie le surprit. Vivant seul, oublié de tous, l'homme était tombé dans les flammes où sa main avait grillé.

Derrière la haie de peupliers qui borde la route en sortie du lieu-dit se tapit une ferme qu'il m'est difficile d'oublier. Qui sait? C'est peut-être à cause de mon intervention qu'en ce lieu apparemment profane ne se dresse pas aujourd'hui une orgueilleuse basilique...

Le maître de maison, hormis un solide penchant pour le gros rouge, n'en était pas moins un mari exemplaire, un voisin sans histoire; bref, un bien brave homme. Probablement dans le dessein de récompenser son existence si peu entachée de péchés, la Sainte Vierge avait décidé de lui apparaître régulièrement là où il passait le plus clair de son temps, au fond de son écurie : entre Blanchette et Noiraude, flottant par-delà les mangeoires, la Bonne Mère venait lui sourire.

Dans un élan filial bien compréhensible, notre visité se mit alors en tête d'élever sur place une basilique dédiée à la Sainte Vierge, à l'instar de celle de Monsardier, un village tout proche. Il en dressa les plans, prit contact avec des bûcherons pour abattre les arbres aux alentours de sa maison afin de dégager une vaste esplanade en prévision des populeuses processions, car il pensait à tout.

Par contre, son épouse, manifestant un enthousiasme beaucoup plus nuancé, finit par faire appel à mes services, d'autant qu'elle constatait que son mari avait tendance à procéder à des stations de plus en plus fréquentes et prolongées au fin fond de sa cave. J'invitai alors mon visionnaire à un séjour de méditation solitaire dans une toute monacale cellule de l'hôpital psychiatrique. Tant de désinvolture dut indisposer la Sainte Vierge, qui renonça à se montrer dans le secteur, du moins officiellement.

A l'ombre accueillante d'un petit bois de feuillus ceinturé de terres labourées s'est récemment déroulé un drame dont je conserve un souvenir amer.

Au cours de ma ronde quotidienne, la solitude

est mon lot habituel, mais, exceptionnellement, ma femme ou mes enfants m'accompagnent, ce qui permet à mon épouse d'échapper momentanément à l'obsession de la porte et du téléphone.

Par un bel après-midi, je dépose donc Marie en lisière du petit bois et poursuis mon chemin jusqu'à une ferme proche où je suis attendu. Ma visite réglée, je redescends directement à Saint-Sébastien. Le soir, cherchant vainement mon épouse à la maison, j'interroge les enfants... et c'est l'illumination ! Je retourne dare-dare au petit bois où je l'avais quittée...

Assise sur un tronc d'arbre et ruminant à mon endroit toutes sortes de maléfices, elle attendait...

Décidément, la route qui mène à Arlerès est pavée de malentendus...

Au moins une fois par an, je suis appelé auprès d'une fermière qui habite un peu plus haut que le bois de ma Pénélope, à quelques centaines de mètres de l'entrée du bourg. La première fois, ce fut le mari qui vint me chercher, complètement affolé :

« Vite, docteur, ma femme vient de faire une attaque... elle ne parle plus ! »

J'expédie un client et fonce à la ferme. La pauvre femme, assise sur son lit, éponge sa bouche grande ouverte et toute baveuse avec un torchon. Je l'interroge et n'obtiens que d'énigmatiques grognements, en même temps qu'elle me désigne du doigt son maxillaire inférieur désespérément pendant. Je vois de quoi il s'agit... Je plonge mes deux pouces dans la bouche de ma patiente, les abaisse simultanément... et tout revient en place. Ouf ! Une mâchoire luxée guérit tout de même plus vite qu'une attaque !

Ayant recouvré l'usage de sa langue, la fermière rattrape le temps perdu en m'inondant d'une cascade de remerciements, tandis que son mari me plie un bon saucisson tout gris de cendre.

Depuis, cette dame se luxe périodiquement la mâchoire, aussi, avec l'habitude, ma femme, se contente-t-elle de me dire :

« Il faut que tu montes à Arlerès, c'est pour la mâchoire. »

La ferme des époux Faurie, je m'y sens comme chez moi, car cela fait des années que je suis le médecin attitré de ces fermiers et de leurs enfants. Cependant, si d'autres peuvent rivaliser avec les Faurie sur le terrain de l'ancienneté de nos relations, ceux-ci, par la simplicité chaleureuse de leur accueil, occupent une place à part dans ma tournée quotidienne. La place de l'amitié. J'ai plaisir à m'attarder sous leur toit plus longuement qu'ailleurs.

On accède à leur ferme par un rude chemin de pierre qui grimpe lentement à flanc de colline à la sortie d'Arlerès, à l'entrée duquel je charge dans ma voiture l'un des fils qui attend, souvent très longtemps, mon arrivée, sans jamais rouspéter, avec la patience résignée des humbles. Jour ou nuit, blond ou brun, mon éclaireur est toujours à son poste.

Avant d'avoir gagné l'amitié des gens de la région, avant d'être accepté d'eux, il faut en remporter des épreuves, en déjouer des ruses ! Quand j'ai débuté, évidemment je ne connaissais pas le pays et me perdais régulièrement dans les champs à la recherche du drôle qui m'avait fait appeler. J'errais dans la nature. Quant à mes lascars, tapis derrière leurs fenêtres, ils me laissaient divaguer dans la campagne sans intervenir le moins du monde. Pas le moindre signe. Ces coquins m'en ont fait voir de toutes les couleurs !

Car, une fois la ferme en vue, il y avait encore une série d'obstacles à surmonter avant d'être initié; il fallait sortir victorieux d'un gymkhana dans la cour, entre la fosse à purin, les flaques d'eau et le tas de fumier, sous les aboiements des chiens qui me barraient le passage, fort attirés par mon fond de culotte... Arrivé tant bien que mal au perron, la porte s'ouvrait enfin : j'étais accepté.

Aujourd'hui encore, je suis accueilli par un concert d'aboiements furieux en provenance de la cour. Le garçon m'abandonne alors et regagne son étable, me laissant me débrouiller tout seul pour gagner l'habitation, car personne ne vient jamais à ma rencontre. Ici ce n'est pas la coutume d'aller au-devant des gens.

Ma serviette en guise de balancier, je me faufile cahin-caha entre une mare de boue et le tas de fumier en sautillant sur les pierres qui émergent de l'infâme bourbier, avec la hantise de finir au fond de la fosse à purin... Redoutable ! Cela ne serait cependant pas une affaire si les chiens ne choisissaient *justement* le moment le plus critique pour s'enhardir, accourant à crocs raccourcis en direction de mes mollets... Or il y a une chose à savoir, il ne faut jamais tourner le dos aux chiens. Une règle d'or pour ceux qui conservent un vieil attachement à leur intégrité physique. La seule solution reste donc de tenter d'atteindre le perron à reculons. Facile à dire ! les pierres se dérobent sous les pieds, les chiens, menaçants, jubilent..., la catastrophe est monnaie courante.

Une fois ces embûches écartées, Mme Faurie m'accueille sur le seuil, et, d'un cri magique – quelque chose comme « A foro » – fait taire les chiens qui détalent comme des possédés. A la vue de la fermière, les poules se rassemblent dans l'espoir d'une distribution supplémentaire; machinalement, celle-ci leur assène un bon coup de sabot qui les disperse dans un concert de caquets désapprobateurs.

D'un geste rituel, Mme Faurie s'essuie les mains sur le tablier et me tend la droite, toute rouge et râpeuse :

« Entrez dans la maison, docteur. »

A mon intrusion, le mari, assis à un coin de la table, se met à tripoter sa casquette en signe d'accueil. Je m'approche, il soulève une fesse et me tend sa grosse main.

« Docteur, on vous offre un canon? s'enquiert-il, plus par politesse qu'autre chose.

– Ne vous dérangez pas, ça ira comme ça. »

Sans me demander mon avis, son épouse, après m'avoir désigné une chaise, pose sur la table à mon intention la tasse de café, le sucre et quelques biscuits dans une soucoupe.

Tout m'est ici familier, la boîte de sucre en métal au couvercle colorié d'un moulin hollandais, la tasse ébréchée, la soucoupe à carreaux bleus et blancs et ce visage de femme, ce visage toujours triste. Ses enfants silencieux l'entourent. Elle en a tellement mis au monde que ceux-ci ne semblent jamais grandir; au fil du temps, je vois les plus jeunes remplacer leurs aînés, voilà tout.

Aujourd'hui, c'est une simple visite de routine qui m'a amené chez eux. Juste une ordonnance à renouveler.

Tous ces gosses me dévisagent et dans leurs yeux semble poindre, mêlée à la curiosité qu'inspire tout intrus, un brin d'admiration, celle qu'on accorde au sorcier qui a guéri le petit frère. Pauvres gosses..., si vous saviez, vous seriez bien déçus !

Comme dans la plupart de ces cuisines campagnardes, un désordre de linge, de vaisselle, de paperasse s'étale çà et là, mais, chez les Faurie, pas trace de saleté. Les cuivres de la bouilloire sont même astiqués, cette bouilloire que j'utilise pour faire bouillir mes seringues...

La chambre, où nul malade ne m'appelle cet après-midi, est semblable à des milliers d'autres chambres de la campagne et les longues nuits passées au chevet de la maîtresse de maison pour l'un ou l'autre de ses accouchements me la restituent comme si j'y étais.

Comme les autres, elle est meublée de bric et de broc, envahie comme les autres par les matelas des enfants, par leurs petits lits, sombre et poussiéreuse, et, remuant ma cuillère dans la tasse, je songe à toutes ces chambres dont j'ai été le visiteur impudique. Dans ma tête se bouscule tout un chaos d'images de ces intérieurs auxquels s'associent fugacement les visages de leurs occupants; un fatras d'images interchangeables. Je revois ces lits à barreaux de fer peints en noir, ces lits au pied et à la tête de tôle peinte, imitant laborieusement la veinure du chêne, bancals, rafistolés avec des planches de caisse, défoncés et grinçants, faisant un ventre en leur milieu...

Parfois un couvre-lit à pompons, travaillé au crochet, cache à grand-peine des couvertures effilochées, grossières et sans couleurs, sur lequel, ingénue, une poupée enchapeautée étale ses robes à volants roses et bleus, pailletés et brillants — quelque relique de tombola, d'une fête de village.

Sur les tables de chevet recouvertes de faux marbre, l'inévitable réveil ferraillant et le bol de faïence blanche où nagent, dans un fond de tisane, quelques têtes de camomille. Je revois les commodes en sapin dont les tiroirs ne ferment plus, peintes et repeintes, souvent d'un vieux marron, mais aussi roses ou bleues, sans grâce, lourdaudes et sur lesquelles reposent quelques bibelots, un globe de verre en forme d'obus renfermant, comme un vieux fromage, une Vierge vêtue de blanc pointant son œil vers les toiles d'araignée accrochées au plafond, un bouquet de mariée au ruban fané, piqué de mouches, vieille relique d'un jour de bonheur, qu'on ne regarde jamais.

Je suis toujours frappé par l'atmosphère sépulcrale que la pénombre et les souvenirs pieux éparpillés sur les murs confèrent à ces pièces silencieuses. Entouré de photos-souvenirs, de chromos angéliques, de bondieuseries à trois sous, on se croirait dans un tombeau, même si quelque portrait d'une communiante fraîche et fragile, quelque photographie de mariage apportent au décor un semblant de gaieté. A force de côtoyer ces personnages, de croiser leur regard par-dessus l'épaule de mon patient, j'imagine leur vie, ils me content leur histoire. Cette première communiante, touchée par la grâce, est entrée dans les ordres, à moins qu'elle ne soit partie pour la ville servir de modèle à un peintre de renom... Encerclés par la famille, les poules et les canards, ces amoureux ont été les Roméo et Juliette de notre haute Ardèche, pourtant je n'arrive pas à désigner lequel des deux s'est laissé mourir de langueur sur le cadavre de l'autre...

... Je tète le breuvage amer dans un silence entrecoupé de considérations météorologiques, de quelques menus ragots, je m'enquiers de l'avancement des travaux... Nous parlons peu. Des silences interminables.

« Il est bon, votre café. »

La chaleur de la journée a ravivé les odeurs, un lourd mélange de relent de fumier, de petit-lait et de transpiration envahit la cuisine. Un enfant renifle dans un coin et je croise le regard résigné de sa mère, lourd de tout le poids du monde. Comme j'ouvre ma serviette pour sortir mon bloc d'ordonnances, Mme Faurie me libère un espace exigu sur un bout de table, entassant assiettes et couverts dans un angle, tandis que je parachève le nettoyage d'un coup de manche discret. Il faut bien que mon teinturier gagne sa croûte, lui aussi! Quant à Mlle Clozel, elle se débrouillera pour déchiffrer mes hiéroglyphes, malgré les auréoles de café et les miettes incrustées... Elle a l'habitude.

A rester là ainsi, il arrive un moment où les silences deviennent intolérables, jusqu'à l'angoisse. Je voudrais parler, faire du bruit avec ma bouche, mais je reste muet. Comme eux. Je ne sais que dire. Il faut que je parte. Tout de suite. Mais, justement, je ne sais pas partir. Je ne saurai jamais partir. Je me sens gauche, déplacé.

Alors, toujours le même prétexte vient à mon secours :

« On est bien chez vous, mais c'est pas tout, ça..., le boulot attend! »

Un médecin est toujours pressé. Il est toujours attendu. C'est connu. Je tends l'ordonnance et la feuille de maladie à la femme.

« Je descends à Saint-Sébastien, j'emmène le fils à la pharmacie.

– Mais, docteur, ça va vous déranger...

– Pensez donc... Je dois passer par chez moi. »

Je serre les mains, déjà la visite suivante en tête.

De même que le médecin est toujours pressé, il ne tombe jamais malade, cela va de soi. L'imagerie populaire se le représente invariablement sous les traits d'un forcené toujours par monts et par vaux, une sorte de machine perfectionnée qui jamais ne s'enraierait, ce qui me suscite l'éternelle complainte :

« Docteur, vous avez de la chance, vous êtes jamais malade ! »

La ritournelle s'agrémente d'un zeste de suspicion envieuse lorsque le pays est ravagé par une épidémie de grippe asiatique ou néo-ibérique, tandis que je grelotte en secret de fièvre et de fatigue, ou qu'une angine me brûle la gorge :

« Docteur, sûr que vous avez un truc, mais vous voulez pas le dire... »

Un truc ? Ma foi, tout bien réfléchi, mon truc à moi c'est de me croire indispensable, de penser que les gens vont mourir d'angoisse, de maladie, si je ne vole pas à leur secours : de l'orgueil, mon truc, ni plus ni moins.

Au beau milieu d'une nuit d'automne, il y a deux ans, le cri affreux du téléphone m'arrache à mon délire. Marie décroche à l'aveuglette et je l'entends au bout d'un moment demander si, des fois, cela ne pourrait pas attendre le jour, car son mari est bien fatigué. La main sur le combiné, elle me murmure :

« Une fausse couche à Arlerès, chez... »

Je vitupère ma femme, à tout hasard, et profère un chapelet d'injures particulièrement relevées à l'encontre de Mme..., mais la lassitude finit par l'emporter :

« Au point où j'en suis, je crèverai un peu plus vite...

— Bon, reprend mon épouse, il va y aller. Mais vous êtes *bien* sûr que c'est urgent...? »

Je me demande pourquoi Marie persiste, lorsqu'elle répond la nuit au téléphone, à se faire suppliante, puisque cela se termine toujours de la même façon : « D'accord, il arrive. »

Nous nous levons ensemble. Je titube de fatigue, accablé de fièvre et de dégoût.

Pour arriver à la ferme, il faut suivre un chemin méchamment empierré à travers un fouillis de végétation. Marie tient le volant et doit manœuvrer sans cesse pour éviter les branches en saillie, les pierres anguleuses, les ornières aussi obscures que profondes.

« Tourne à gauche..., attention au trou ! »

La voisine nous attend au bas de l'escalier. Dieu, que les marches sont hautes, cette nuit ! La femme est à l'étage, très pâle dans son lit. Je soulève les draps. Du sang partout, Mauvais, ça... La fausse couche semble terminée, mais la patiente saigne dangereusement. Il faut faire bouillir une seringue, mais il n'y a qu'un minable fourneau à la cuisine, et même pas de bois... Ma femme, munie de la lampe électrique, rapporte quelques brindilles de sous les châtaigniers et, à l'aide d'une page du *Pèlerin*, tente d'amorcer le feu qui ne prend pas, enfumant la pièce.

« C'est le temps qui est bas », affirme la voisine tout en récurant une casserole pleine de lait caillé qu'elle rince ensuite à l'abreuvoir.

Marie, en larmes, renouvelle la tentative.

... Au bout d'un long moment, la seringue se décide à chanter dans le récipient et je me brûle les doigts en la pêchant. La femme subit mon intraveineuse sans rechigner. Heureusement qu'elle a des veines de camionneur, sinon, avec mes mains tremblotantes, j'aurais fait un massacre! Par bonheur, les femmes sont plus dures que les hommes, c'est probablement la raison pour laquelle ce sont elles qui enfantent.

Elle n'a maintenant plus besoin de moi.

Vautré à l'arrière de la voiture, je contemple le ciel qui perd ses étoiles en tournant au gris. On m'a volé ma nuit. Je me recouche sans me déshabiller, ce n'est plus la peine.

A la fin de ma tournée vespérale, regagnant Saint-Sébastien avec la nuit, je passe tous les jours devant une maison restaurée appartenant à un homme venu de la ville. Pierre après pierre, il a patiemment reconstruit cette ruine qui avait dû être une ferme. Jour après jour, saison après saison, je notais l'avancement des travaux dont la lenteur me semblait infinie. Mais cet homme solitaire paraît aujourd'hui au bout de ses peines. Sa maison tient debout, il peut se reposer.

Qui est-il? De quoi vit-il? Personne n'en sait rien. Je le croise souvent sur la route quand il descend au village ou remonte chez lui, toujours à pied, avec son éternel maillot rayé de bleu et blanc, comme en portent les marins. Cet homme étrange, jamais pressé, toujours seul, me donne l'impression d'avoir l'éternité pour lui.

Passé sa résidence, la route fait des fantaisies, s'ingéniant à tourner de gauche et de droite, amorce une descente pour remonter aussitôt. On dirait que, telle une jolie fille, Saint-Sébastien fait des manières pour se laisser aborder. Après un petit hameau, la route découvre sur la droite un imposant grillage masquant un trou sombre.

Derrière le grillage, un court de tennis, véritable enclave étrangère dans le pays, symbole éloquent de la cassure, sinon du mur qui de tout temps a séparé les gens d'ici et les autres.

Dès les premiers beaux jours, alors que la moisson bat son plein, les vacanciers font leur apparition, avec leur teint pâle, le verbe haut, distants et bien habillés. Le tennis est le point de ralliement de cette jeunesse dorée. Jeans et jupettes blanches. Là, on jouotte, on flirtaille, on s'ennuie à l'abri des grilles inexpugnables. Lançant au passage un œil rapide à la colonie, je n'ai jamais aperçu parmi eux le moindre autochtone. Un club très fermé. Peut-être, à l'avenir, quelque échange surviendra-t-il entre eux, mais sera-t-il encore temps ? Témoin apatride, je ne peux que constater l'antipathie que le comportement hautain des vacanciers inspire aux jeunes du pays. Sans honte et sans remords, j'avoue humblement ma trahison. C'est vrai, j'ai trahi mes origines citadines, j'ai offert mon amitié à la jeunesse de Saint-Sébastien qui, je le sais, me l'a rendue. Si j'ai pu leur faire admettre qu'ils n'étaient pas des « ploucs », mon reniement aura servi à quelque chose.

Chez les vacanciers, il est de bon ton de faire semblant de se lier d'amitié avec les paysans. On admire la masure de pierre, on s'enthousiasme à la vue de la cheminée monumentale, on s'extasie devant l'attelage de bœufs. Bref, on s'imprègne de rustique.

« Ah ! que vous avez de la chance, s'exclame-t-on, on changerait bien notre place contre la vôtre ! » Chiche ! ai-je envie de répliquer, venez donc vivre dans ces demeures sans commodités, où l'eau gèle dans l'évier pendant l'hiver, où la neige poudroie à travers la cheminée par temps de burle, noyant la cuisine dans le brouillard !...

Plus exaltés que d'autres, certains d'entre eux se plaisent à chanter l'âme du Vivarais, en vers ou en prose. Comme ils en ont de la chance, comme je les envie, moi qui l'ai traquée, cette âme, au plus profond des écarts, au plus secret des demeures et jusque dans le cœur de ceux dont je crois être l'ami, sans jamais la saisir.

De retour chez moi, je suis accueilli par le carnet de rendez-vous bien en évidence sur la tablette près du téléphone dans ce maudit couloir d'entrée. Ce carnet est la source de tous mes maux. A mesure que je raie les visites effectuées, dès que j'ai le dos tourné il se noircit de quelque nouvelle inscription fatidique. Charmant accueil, maudit couloir! Dès que je pénètre dans la maison, le verdict tombe, la journée n'est pas finie, elle ne finira probablement jamais. A travers la porte vitrée donnant sur le salon, je jette un œil d'envie, un regard désespéré vers les fauteuils profonds, si lointains et pourtant à deux pas, et lorgne les flammes dans la cheminée qui me font un clin d'œil... Tout est si chaud, si accueillant... Comme un suicidé, je m'arrache à ces douces chimères et m'enfuis me noyer dans la burle.

Tel est mon pain quotidien, lequel se fait passablement moins tendre lorsqu'une épidémie s'abat sur la région. Par radio nous suivons l'évolution de ce mal venu de quelque Orient maléfique. La grippe asiatique gagne du terrain, elle avance sur nous, recule pour mieux bondir puis disparaît dans les airs... Viendra, viendra pas? Le canton sera-t-il épargné? Miséricorde! Voilà que resurgit le virus, s'étendant aux villages alentour à la vitesse d'un météore! En un clin d'œil, des familles entières se retrouvent au lit. L'enfer commence pour nous. Téléphone, sonnette, téléphone... Une lutte acharnée qui durera peut-être un mois à un rythme insensé auquel, bon gré mal gré, ma malheureuse carcasse doit se soumettre.

La voiture participe en première ligne à ce ballet frénétique, à toute vitesse sur la neige, le verglas, dans la brume ou sous l'averse, par ces routes où la ligne droite n'excède jamais les cent mètres... Mon regard sautille de la route à la montre et de la montre à la route, vingt minutes pour Arlerès, autant pour Monsardier... Les pauvres malades se contentent d'entrevoir une forme agitée qui tournoie quelques instants autour du lit et disparaît. Plus d'un gisant doit croire, dans un accès fébrile, à quelque hallucination passagère.

Sonnette, téléphone, sonnette... A devenir fou. Ma femme m'assiste efficacement à longueur de journée. Elle a appris que la vertu essentielle d'une bonne épouse de médecin de campagne était de savoir mentir à la clientèle. Une question de vie ou de mort.

« Mais non, le docteur n'est pas là, affirme-t-elle alors que j'ai l'écouteur à l'oreille et lui fais comprendre, au moyen de gesticulations significatives, que j'en ai par-dessus la tête de l'emmerdeur en question. »

J'écoute la conversation tout en triant mon courrier.

« Oh! vous savez, il en a sûrement pour un moment avant de rentrer... »

Marie est le dernier rempart qui me protège de l'hydre tentaculaire, me permettant ainsi de récupérer quelques maigres instants d'intense inactivité.

Téléphone, téléphone... Qu'est-ce que j'ai fait au bon Dieu! La nuit me gagne de vitesse. Couloir infernal, je te hais. Encore des visites sur ce maudit cahier. Pas possible d'avoir choisi cette connerie de métier! Surtout ne pas m'asseoir, je ne repartirais jamais. Debout dans la cuisine, un bol de café au lait entre les mains tandis que Marie monte la garde dans le couloir, j'avale le liquide et hurle parce qu'il est brûlant. Marie revient vers moi et me raconte, outrée, furieuse, qu'un cochon de client a eu l'idée de me faire quérir par un gendarme – très gêné, le pauvre – car madame son épouse s'impatienterait en compagnie de son virus!

Nouveau coup de sonnette.

« Madame, mais où est donc passé le docteur?

– Mais voyons, où voulez-vous qu'il soit? Il est à la pêche, pardi! » répond ma femme en claquant la porte, ivre de fièvre et de lassitude.

Et me voilà reparti, traversant à toute allure le village assoupi. Je me sers moi-même à la pompe à essence, à la volée, exhibant trois doigts à travers la fenêtre embuée – trente litres. Le vacarme de la voiture ne doit pas manquer au passage de retourner les villageois dans leur lit. « On dirait le docteur. » Sorti du village, je fonce dans la nuit. Je suis claqué, en plein cirage. Je fume sans arrêt pour tenir le coup, pour rester éveillé. Parfois je suis accueilli par des :

« Docteur, on n'a pas voulu se déranger. Il fait si froid! »

Ou même :

« On vous a appelé parce qu'on n'a pas voulu déranger le médecin d'Annonay. »

Ceux-là, au moins, ont le mérite d'être francs, sans ambages. Les vaches! Je suis si las de tout que l'envie me saisit de balancer la voiture contre un arbre, histoire d'échouer dans un lit, fût-il d'hôpital, pour dormir, dormir et encore dormir.

Plus personne pour m'accueillir dans le couloir. Marie, n'ayant pas osé refuser des visites, a préféré disparaître plutôt que de subir mes jérémiades. La maison est silencieuse, éteinte. Seul le chat vient me saluer et ronronne contre mes pieds en faisant le gros dos. Les enfants dorment. Je ne les ai pas vus depuis plusieurs jours, ils se couchent quand je me lève et se lèvent quand je me couche. Je ne les ai pas vus grandir. Il est terrible de n'avoir pas de souvenirs de ses propres enfants.

« Dis, papa, quand j'étais petit, est-ce que...

— Tu sais, je ne me souviens plus très bien, demande à maman. »

... J'ai épuisé le carnet de rendez-vous et suis sur le chemin du retour. Il fait très froid. Mes pieds dorment sur les pédales. S'infiltrant à travers les interstices des portières, un brouillard gelé me mord les oreilles. Arrivé à destination, je reste un moment assis sur mon siège, la figure contre le volant, vidé, la tête embrumée. Je sens monter en moi comme une envie de pleurer. Le moteur à peine arrêté, j'entends au loin une sonnerie trop connue qui s'interrompt brusquement. Il y a de la lumière dans la chambre.

La nuit n'est pas près de s'achever.

A la longue, l'odieux virus a fini par se lasser et nous a quittés, emportant les plus faibles des Ardéchois. Quelques-uns de mes vieux ne lui ont pas résisté, des gosses aussi, hélas! Mais la vie continue, les beaux jours sont malgré tout revenus, puis l'époque des grands travaux est arrivée; encore les foins et déjà les moissons... Les lumières brilleront tard cette nuit dans les champs. Regagnant Saint-Sébastien, je songe à tous ces paysans soûlés par la fatigue d'une journée sans fin. Je les devine, je les vois. Ils sont là, assis dans l'étable, sur le tabouret patiné de sueur, la tête contre le flanc de la vache, l'œil perdu dans le vague. Sous la pression des doigts, le lait jaillit par saccades en un fin filet sonore dans le seau de métal encore vide, coincé entre les genoux. Ils sont là, dans la cuisine, sous la lumière jaune d'une faible ampoule. Affalés sur le banc, le dos rond, coudes écartés, la bouche au ras du bol, sans un mot, ils mangent la soupe, savourant chaque cuillerée en l'accompagnant d'une musique bien à eux. Une main tannée, égratignée, tient le bol avec une douceur où pointe une imperceptible tendresse. Car la soupe, pour les gens de la terre, c'est une nourriture sacrée, une nourriture noble. Calice du paysan, son bol est la récompense d'un dur labeur qu'il mange dans le recueillement. « On ne mange pas deux fois de la soupe... », me déclara mystérieusement un vieux paysan, un de ces vieux ascètes détachés des biens de ce monde à qui je demandais s'il avait de quoi vivre.

Ah ! cette bonne odeur de marmite qui mitonne sur un coin de fourneau, ce parfum de lard, de choux et de fumée... Comme il serait doux par temps de burle de s'asseoir à la table et d'en avaler un grand bol !

Mais la soupe n'est pas jugée assez digne pour les gens de la ville. Personne n'a jamais songé à m'en proposer une louche. Car moi qui ai renié mes origines citadines, qui ai de la peine à imaginer ce qu'est devenue la vie des cités, je suis un étranger en ce pays. Malgré l'amitié de ces braves gens, malgré mes attaches culturelles à un autre monde, je suis perdu entre deux vies, dans un espace vague, à la dérive, dans un bocal de métal et de verre, tapi dans ma voiture.

En fait, je me compare à mon ami l'aveugle, un vieil homme que je rencontre fréquemment sur le bord des routes. Il habite une vieille maison bien cachée dans la futaie, tout près du col des Vernes, avec pour compagnons une petite fille un peu farouche, qui garde leur troupeau de chèvres, et puis son chien. Aussitôt qu'un étranger s'approche de chez eux, la fillette surgit de derrière les genêts, le chien se met à aboyer furieusement, alertant l'aveugle qui sort lentement de la maison et se dirige vers les aboiements en tâtant de la canne le bord de la route, puis, comme pour le défier, vient se planter devant l'inconnu venu troubler leur paix, leur intimité, leur silence, lui opposant le dérisoire barrage d'un aveugle, d'une gamine et d'un pauvre corniaud...

Je le reconnais de loin à son allure tassée, à sa démarche d'automate, à sa canne dont il tapote le talus. Un coup, un pas, un coup, un pas...

Au bruit du moteur, il se fige, le visage face au ciel. Aussitôt je ralentis pour ne pas l'effrayer et j'abaisse ma vitre à sa hauteur.

« Bonjour, docteur. »

Il reconnaît toutes les voitures de la région à leur moteur.

De la canne, il cogne doucement la carrosserie et me tend une main hésitante. Viennent quelques banalités sur l'été qui va s'en aller, sur l'orage qui menace, les rhumatismes qui renseignent bien mieux que les baromètres, et je repars. L'aveugle recule et me salue de la canne. Machinalement, j'accompagne mon « A bientôt » d'un salut de la main.

Cet homme a perdu la vue dans sa jeunesse. Très vite, Marseille, dont il a conservé l'accent, est devenue un enfer pour lui. Il n'a pu supporter de vivre comme une bête traquée. J'ignore comment il est arrivé dans ce haut Vivarais, par quels mystérieux détours et si ce n'est la petite fille, je ne lui connais ni famille ni proches. Dans ce décor solitaire et rassurant, il se promène aujourd'hui en toute quiétude; il s'assoit sur l'herbe des talus, sur la mousse accueillante des sous-bois. A l'écoute du concert serein et violent de la nature, il s'enivre de senteurs et de paix.

Pas davantage que mon ami je ne vois le pays.

Certes, je connais par cœur les moindres virages, les innombrables croix qui bordent les routes, les chemins menant au bout du monde, les fermes si semblables et différentes, les visages qui ont un air de famille. Tout un réseau de signes, de repères, d'aiguillages qui ne conduisent nulle part. Mais je suis ailleurs : ma perpétuelle cigarette aux lèvres – celle d'un condamné qui crève de trouille de comparaître devant son bourreau, le malade – je suis perdu dans un magma de soucis, de rêveries informes et brumeuses.

Est-ce que je suis au monde ?

IV

Si je ne suis à battre la campagne, ou dans mon lit pour quelques heures d'un sommeil comateux, nul besoin de mener une longue enquête pour savoir où me trouver : il y aura bien chaque matin plusieurs dizaines de citoyens qui pourront, sur leur honneur, témoigner de m'avoir rencontré derrière un bureau, une feuille à en-tête dûment signée de ma main à l'appui. Tous les jours que Dieu fait, ma matinée est consacrée aux consultations. Quand une malencontreuse urgence ne vient pas me ravir à l'affection despotique de ma salle d'attente.

Comme la prise de rendez-vous n'est pas vraiment entrée dans les mœurs – pour quatre personnes annoncées, il y en a trente autres qui s'amènent sans tambour ni trompette – les renseignements de l'horo-bloc Masson ne me fournissent, au plus, qu'une tendance générale. Déjà bien beau lorsqu'ils respectent les horaires de consultation ! Pour eux, du moment que le médecin est là, qu'il soit huit heures du matin ou huit heures du soir, c'est la même chose : on peut le consulter. Noël, Pâques, Ascension, fêtes légales et illégales y comprises.

Voyons... 18 septembre... Calme, le mardi, d'habitude...

Ah! Mme Deygas... c'est sa tension qui la tracasse...

Maisonnas, il vient renouveler la « consulte » pour son diabète...

Tiens, Mme Sauzet a quitté le confrère? Il va falloir faire du charme... Et surtout ne pas se tromper! Quelqu'un d'important, la mère Sauzet...

Bon, rien de sérieux jusque-là. La mémé Roque, son pessaire s'est encore évanoui dans la nature, sans doute...

Le vieux Ponson! Celui-là, je le vois venir avec ses gros sabots! Chaque fois, c'est la même comédie :

« Docteur, faudrait me marquer de la teinture d'iode, du coton, du leuco, et puis, et puis...

— De l'alcool à 90, pépé?

— Oui, le plus possible! »

Un pensionné de guerre, le Ponson. Je remplis le carnet d'Article 115, mais je ne suis pas dupe, et il le sait. La teinture et le coton, c'est pour la famille. Quant à l'alcool, c'est pour les cerises... Bien meilleur que la gnôle, elle laisse un goût...

Zut et zut! J'ai encore droit à cette emmerdeuse! Avec son foie, son ivrogne de mari, ses démêlés avec les voisins, je ne suis pas sorti de l'auberge! Elle ne pourrait pas aller casser les pieds au confrère, cette chipie? A tout hasard, je vais lui en dire du bien... Il faudra que je prévienne Marie de ne pas acheter d'œufs au marché... Sûr que Mme Deygas m'en destine une demi-douzaine... J'en mettrais ma main à couper. Brave mémé, il faut la voir plonger le bras au fond de son sac de toile cirée et, un doigt complice sur les lèvres, un œil sur la porte du bureau, en extraire délicatement le paquet emballé dans une page de *Terre vivaroise*. J'arbore une mine de conspirateur pour me saisir du redoutable objet et le pose avec douceur au fond de mon tiroir.

« Mais voyons, grand-mère..., il ne fallait pas..., vous êtes incorrigible ! »

Alors, paupières baissées, elle me chuchote dans un souffle :

« Chut ! surtout ne dites rien ! »

Ce matin elle arrivera comme toujours dans sa robe de deuil sous le tablier noir, la maigreur de ses jambes arquées accusée par d'épais bas de laine. Ses sempiternels habits de veuve qu'elle ne quittera jamais... Car Mme Deygas vit de la misère du temps; une dizaine de poules et deux chèvres. La mort de son mari n'a pas arrangé les choses. Ses consultations, elles sont prises en charge par l'Assistance médicale. Elle sait que ça ne paie pas beaucoup, alors, elle complète avec des œufs.

C'est cela, l'élégance des gens d'ici.

A force de petits cadeaux, de dons en nature, j'ai appris à mieux connaître mes clients.

Paradoxalement, les présents les plus chiches sont le fait des plus nantis, et de ceux à qui j'ai rendu service.

Par contre, la générosité des humbles, des plus démunis, elle ne se dément jamais. Un saucisson, trois fromages, un morceau de lard, ce n'est pas rien pour de pauvres gens. Et n'allez pas refuser ! La pire injure qui se puisse faire, la dernière des indélicatesses.

C'est ainsi que nous sommes abondamment fournis en lapins, gallinacés et autres volatiles sans bourse délier. Ils échouent entre les mains confondues de gratitude de ma femme qui panique à l'idée de devoir occire ces diaboliques bestioles.

La semaine dernière, Mme Morfin est arrivée avec deux ravissantes créatures dans son panier :

« Les pigeons, ma petite dame, c'est facile, vous leur mettez la tête sous l'aile et vous les étouffez, voyez... »

Il n'en a pas fallu davantage pour que ma femme étouffe, elle aussi. De rage. Elle qui se met à préférer le commerce des bêtes à celui des hommes...

C'est ainsi que, depuis quatre jours, deux charmants tourtereaux roucoulent dans les branches du peuplier, au fond du jardin. Prions qu'ils ne regagnent pas leur ancienne volière... J'y perdrais à coup sûr ma cliente !

Dans le domaine des dons en nature, le *nec plus ultra*, c'est la bouteille de gnôle qu'on m'apporte sur son attribution personnelle. Un cadeau royal. Bien à contrecœur, je suis tenu de me confondre en remerciements, car l'odeur de ce sinistre breuvage me rappelle trop mon impuissance face aux ravages dont il gratifie généreusement tous ces pauvres diables. Jamais je ne me risquerai à en boire une goutte. Mais, pour le nettoyage des vitres, il paraît que c'est souverain.

La partie médicale de la maison que nous habitons se compose de mon cabinet et de la salle d'attente, séparés par le couloir d'entrée. Conformément à la recommandation épinglée sur la porte, les clients pénètrent directement et vont s'installer dans la salle d'attente. Ceci, c'est pourtant dans le meilleur des cas; esprit aventureux ou mauvais sens de l'orientation, je ne sais, mais il y en a toujours qui se perdent dans le couloir :

on les retrouve dans la cuisine, dans la salle de bain et jusqu'à la chambre à coucher. Des visites quelque peu incongrues lorsque l'un de nous est sous la douche...

En débarquant à Saint-Sébastien, tout frais émoulu de la faculté, mes ambitions professionnelles étaient des plus limitées; j'escomptais gagner ma vie, sans plus. J'avais vingt-neuf ans. Sur ces bases optimistes, il ne m'avait pas paru indispensable d'accorder à ma salle d'attente des dimensions exorbitantes. Bien vite, je me suis rendu compte de mon erreur.

« La salle d'attente est le thermomètre de la réussite du médecin », me déclarait sentencieusement, mais un peu tard, un des visiteurs médicaux, lesquels, on ne l'ignore pas, sont de fins tasteurs en ces matières. Pouvais-je deviner avant cet oracle que l'exiguïté de la pièce pèserait lourdement sur ma vie professionnelle?

Lorsque nous avons emménagé, il ne nous est pas venu une seconde à l'idée de la décorer dans un style différent de l'ensemble de la maison. Par souci d'harmonie et respect du client. Alors, sur notre lancée, nous l'avions habillée avec amour de beaux rideaux de velours de Gênes, nous avions camouflé le vilain carrelage sous un lourd tapis, nous avions disposé de-ci de-là quelques rares chaises... Tout fiers et un peu tremblants, il ne nous restait plus qu'à attendre les premiers clients.

Las, il nous a fallu bien vite déchanter : les pauvres paysans n'osaient pas entrer dans cette bonbonnière, certes confortable, mais si peu accueillante à leurs sabots crottés! Une fois installés, ils ne bougeaient plus. On les sentait figés, mal à l'aise, malheureux de fouler de leurs croquenots indignes un tapis d'Orient, fût-il acheté à Prisunic... Ils étaient paralysés et honteux.

Ce « confort » ajouté à l'exiguïté de la pièce, il n'aurait pas fallu beaucoup d'autres bourdes du même genre pour ruiner à jamais ma carrière embryonnaire.

Ai-je évité ces écueils ? je ne saurais le dire. Toujours est-il que, spécialement les jours de marché, ma salle d'attente ne désemplit pas. Ces jours-là, c'est le grand chambardement. Avec le flux continu des assaillants, on commence par ajouter chaises et tabourets; dans le courant de la matinée, cela ne suffit plus. Qu'à cela ne tienne! on trouve toujours un peu de place pour caser un ou deux bancs! Mais la marée continue à monter, impitoyablement. Chacun fait comme il peut, et que le meilleur gagne... Dans la houle des allées et venues, on se cramponne à son siège de peur d'être emporté par la tourmente. De sa chaise, on aperçoit à peine son voisin d'infortune à travers l'épaisse brume de la fumée des cigarettes.

Epaule contre épaule, les femmes forment autour de la pièce une ronde ininterrompue et sereine, une sorte de danse solaire immobile. Elles s'accrochent fébrilement à leur panier d'osier posé sur les genoux, dernier rempart de leur civilité.

Pour l'occasion, le marché et la consultation chez le médecin, elles ont apporté une touche coquette à leur vêture ordinaire, la traditionnelle blouse noire ou bleue. En l'occurrence, c'est un chapeau de paille que transperce de part en part une longue aiguille de bois rehaussée d'une bille de verroterie. Coquet et pratique : l'aiguille, bien arrimée dans le chignon, empêche la coiffe de s'envoler au premier assaut de burle.

Les jours de froidure, ces dames délaissent la paille pour un chapeau de feutre sombre, ou même pour le simple béret de leurs hommes. La superposition de leurs vêtements rend leur silhouette indécise, chaussée de larges souliers de cuir à talons plats, qui déjouent efficacement les traîtrises des mauvais chemins.

Quelques hommes âgés se mêlent à leur ronde. En costume du dimanche étriqué, cravate noire autour du cou, des chaussures vernies tyrannisent leurs pieds habitués aux sabots. Le mégot éteint et baveux sous la moustache en bataille, la casquette à demeure sur le crâne – il n'est pas d'usage de se découvrir, sauf à l'église – ils écoutent, imperturbables, le caquetage des dames.

Mon cabinet n'est séparé de la salle d'attente que par de minces cloisons. L'austérité silencieuse en est parfois troublée de vagues d'éclats de rire à répétition. Quelque gai luron aura régalé ces dames d'une gaudriole... Les clameurs me parviennent aisément, car ici on a la voix rauque et grave. On a l'accent aussi : le Midi n'est pas loin.

Certes, le lieu n'est peut-être pas idéal pour donner libre cours à son hilarité, mais, loin de m'en offusquer, cela me rassure quant à la gravité de l'état de mes souffrants.

Claustrophobes, les plus jeunes des hommes supportent mal l'univers concentrationnaire de la pièce. Ils préfèrent se tenir dehors et monter une garde vigilante devant la porte. Assis sur les marches du perron, ils discutent ferme et me constellent la pelouse de leurs mégots, tout en jetant de temps en temps un coup d'œil à l'intérieur pour ne pas se faire carotter le tour...

Comme partout, il y a bien quelques resquilleurs qui tentent de passer avant les autres; ceux qui ont toujours un car à prendre, qui, comme par hasard, n'ont pas trait leurs vaches avant de descendre au marché. Mais cela se passe généralement sans heurts : on n'est guère belliqueux dans la région, et puis, rien ne presse vraiment...

Il y a aussi les petits malins qui s'arrangent pour rester plantés dans le couloir en prétextant : « un petit renseignement »; le petit renseignement en question, c'est ni plus ni moins une consultation en bonne et due forme. On ne me la fait plus : je fonce directement vers la salle d'attente, sourd et aveugle aux suppliques déchirantes.

Il va sans dire que de cet entassement humain s'exhalent d'entêtantes odeurs. Les jours ordinaires, un nez averti reconnaîtrait aisément, sous les effluves agressifs du dernier Roger & Gallet, le fumet de base local composé à parts égales d'embrocations, de sueur et de senteurs de capridés. Un parfum discret et de bon ton, en somme. Mais, les jours de marché, cela se corse nettement. On a beau s'y attendre plus ou moins, cela vous frappe au visage sans crier gare. L'asphyxie n'est pas loin. Cela empeste la volaille paniquée, le picodon de chèvre, la bouse de vache, le mégot refroidi, que sais-je ?

Dès que le dernier client a tourné les talons, il faut voir la folle agitation qui s'empare de ma femme, canardant à qui mieux mieux de son arsenal de bombes désodorisantes tous les recoins de la pièce, grimpant sur les tabourets, s'agenouillant sur le tapis, ouvrant grand les fenêtres : une danse du scalp frénétique.

Quant à moi, tout le long du jour, je m'essaie autant que je le peux à la respiration par voie buccale.

La plupart des chemins et des routes de la région menant à ma salle d'attente, c'est là un lieu privilégié de rencontres, un théâtre improvisé où se jouent à huis clos drames et comédies. Ainsi, il n'est pas rare qu'elle abrite de touchantes scènes de retrouvailles entre parents que le temps a éloignés, entre amis qui n'habitent pourtant qu'à une lieue les uns des autres, mais qui ne se sont pas revus depuis une éternité... Pour mieux causer, ils rapprochent leurs chaises et négligent leur tour.

Parfois au contraire, panier contre panier, deux paysannes se côtoient. Muettes. Impassibles : leurs familles ne se parlent plus depuis quatre générations. Ceci parce qu'un voisin, jadis, avait prétendu que la grand-mère de l'une avait fauté avec un étranger au pays, alors que le mari combattait à la guerre de 70... Les haines sont terriblement tenaces. Ni le temps ni les générations ne les peuvent apaiser.

Il est important pour moi d'être au courant de ces inimitiés; au cours de la conversation, il serait très mal venu que, pour une raison ou une autre, j'évoque le voisin ou le cousin abhorrés. Considéré comme complice de l'engeance honnie, je serais catalogué sur-le-champ et perdrais, à coup sûr, un client. Donc, prudence...

Seule la mort réconcilie les familles, les voisins ennemis, juste le temps d'une cérémonie. On visite le mort, on l'asperge, on marmonne un *Ave* pour son repos éternel et on l'accompagne à l'ombre des cyprès. La cérémonie s'achève par de fraternelles et considérables libations à la santé du défunt. Le lendemain, comme il se doit, on repart de zéro pour s'entre-déchirer de plus belle.

On ne pardonne guère dans le pays. On ne transige pas avec la morale, non plus. Malheur à celui qui enfreint ses règles. Malheur à celui qui vole et qui surtout se fait attraper! Rien ni personne ne saurait racheter sa faute. Ses enfants, ses petits-enfants en porteront le fardeau.

C'est ainsi que j'ai dû me battre pour faire embaucher à l'hospice une brave femme, honnête et courageuse, contre laquelle on m'avait obligeamment mis en garde. Elle n'avait qu'un seul défaut : sa grand-mère avait volé, dans le temps...

Inutile d'ajouter que pas la moindre épingle de nourrice ne disparut jamais le temps de son dévoué service.

Et pourquoi ne pas rêver ? N'est-il pas possible qu'un beau jour, dans ma salle d'attente, un amour se noue entre deux jeunes gens, un beau jour où j'aurai beaucoup tardé ? Un beau jour ils auraient fait connaissance, ils se seraient plu...

Ma salle d'attente est une bien pâle Cythère, mais qui m'empêchera de rêver ?

Une chose est certaine : parmi les personnes qui attendent, pas une ne souffre d'un lumbago, d'une entorse, ni en général d'aucun ennui articulaire. Non que ces affections épargnent le moins du monde nos populations – elles sont aussi fréquentes qu'ailleurs – mais ceux qui en sont atteints s'adressent autre part, voilà tout : « Les médecins, ils y connaissent rien à ça ! » Le grand spécialiste en ce domaine, c'est le rebouteux. Il existe dans cette profession une hiérarchie équivalente à celle de notre métier. Au bas de l'échelle, on a le rebouteux qui exerce son art à la fois sur les animaux et sur les humains, qui consulte chez lui; il suffit d'aller le trouver sur sa terre et il vous « rhabille » séance tenante en vous tripotant de ses mains terreuses... S'il le fait, c'est uniquement pour rendre service, comme avant lui son père, son grand-père... Sa rétribution, parfois un simple merci, parfois un coup de main pour les foins...

Celui de Saint-Sébastien, c'est Sucette, surnom que lui a valu sa réplique favorite aux patients insatisfaits : « Si t'es pas content, t'as qu'à acheter une sucette! » Il faut dire que le Sucette en question ne jouit guère d'une excellente réputation; on le dit brutal et même incapable... L'origine de son talent touche d'ailleurs au merveilleux. Rien ne prédisposait ce paysan rude à soulager l'humanité souffrante; aussi loin qu'on remonte sa généalogie, personne parmi ses ancêtres n'a été le dépositaire d'un don quelconque. Or, une nuit, le voisin dont il n'était séparé que par l'épaisseur d'un mur mourut. Celui-ci laissait derrière lui une longue expérience ès rhabillages. C'était un expert. Eh bien, le lendemain, Sucette se réveilla rebouteux!

A un niveau supérieur, on trouve le rebouteux qui s'est acquis une solide renommée. On vient le consulter de très loin, par cars entiers; il tient un véritable cabinet et se fait payer grassement. Nous en avons un qui officie sur le plateau, en la personne d'une petite bonne sœur que la grâce du rhabillage a touchée. Sa réputation est si étendue que son cabinet est devenu un lieu de pèlerinage. Une source de revenus bien providentielle – et appréciable – pour sa communauté!

Et moi, je m'interroge. Comment des gens peuvent-ils improviser ce que moi, j'ai mis dix ans à tenter d'apprendre? Comment peuvent-ils manipuler des articulations dont ils ignorent jusqu'à l'anatomie? Comment peuvent-ils remettre en place des organes qui, manifestement, ne peuvent se déplacer? Cela défie l'entendement... Et pourtant, à mon corps défendant, j'ai dû admettre qu'il y avait bien, là-dessous, quelque chose. Coup de main ? Don ? Je donne ma langue au chat.

Comme tout finit par se savoir au pays, je suis forcément au courant des consultations auprès des « confrères ». Oh ! bien sûr, on n'ose pas me l'avouer tout de go, on biaise, on prend des gants :

« Vous savez... Je ne voulais pas y aller... J'y crois pas, moi, à ces charlatans ! »

Hors catégorie, il y a enfin ceux que j'appellerai les spécialistes, possesseurs d'un don qui ne s'applique qu'à une seule affection. Le Béat, son affaire, ce sont les verrues. Il compte dans sa main autant de lentilles que vous avez de verrues, ferme le poing, y souffle dessus et marmonne une formule magique en vous fixant droit dans les yeux. Si tout s'est bien passé, si vous avez été réceptif au fluide, sous quinzaine, elles auront disparu. Cau, lui, ce sont les brûlures en tout genre. Il crache sur la partie dolente, fait trois signes de croix, prononce quelques prières, et vous n'avez plus qu'à attendre.

Et, bien entendu, ça marche.

A peine cueilli de la salle d'attente, le client est propulsé tambour battant dans mon antre et invité à s'asseoir. En règle générale, il attend mon invitation, mais j'ai parfois affaire à quelque écervelé qui vient par mégarde s'échouer mollement sur mon fauteuil. Confus, écarlate, il s'exclame :

« Oh ! docteur, si je prends votre place... »

D'une parade amicale, je le remets à son aise :

« Vous savez, il y a des moments où je vous la laisserais bien !

Rasséréné, l'étourdi s'en retourne prestement

vers la banquette basse qui lui est réservée. Face à lui, je trône majestueusement derrière mon bureau, sur un fauteuil à roulettes haut perché et imposant; de cette éminence, j'ai la sensation de dominer mon interlocuteur.

Comme il faut bien payer ces petits avantages, un jour, il m'est arrivé, en me penchant un peu trop vers un tiroir, d'échouer lamentablement sous le bureau, les quatre fers en l'air. Tout étonnée de mon étrange posture, la paysanne qui avait assisté au spectacle me demanda poliment si elle pouvait faire quelque chose... Des questions à vous couper les moyens. J'en suis encore mortifié.

Mes clients ont une façon particulière de se poser sur la banquette : sur une fesse, au ras du siège, comme pour ne pas l'abîmer, ou me faire comprendre qu'ils sont aussi pressés que moi...

A cet égard, un de mes confrères m'a décrit l'ingénieux système dont il est l'auteur, système destiné à décourager toute tentative d'occupation abusive des lieux : il a tout simplement raccourci les pieds avant de la chaise. Au bout de quelques minutes d'effort, épuisé, l'occupant abandonne son poste.

A mesure que ma clientèle se faisait plus abondante et bien que cela constitue une partie essentielle de la consultation, je me suis trouvé contraint d'abréger à l'extrême l'interrogatoire du patient. Les questions que je lui pose aujourd'hui se réduisent à quelques onomatopées, lancées à toute allure; il en est encore à chercher son point de chute que je l'invite déjà à se dévêtir... C'est regrettable, mais je n'y puis rien.

Lorsque j'ai devant moi un de mes patients

réguliers, c'est toujours par un « Alors, ça va mieux ? » que je l'aborde. Même s'il est tout à fait guéri, même si sa maladie est reléguée au rang des mauvais souvenirs, celui-ci ne me répondra jamais par l'affirmative. C'est une règle.

« Ça va pas plus mal », se bornera-t-il à me dire s'il est au comble de l'euphorie.

Au début, je n'avais pas saisi leur logique particulière et je me vexais; cette réponse semblait signifier que, malgré mes soins pernicieux, leur état ne s'était pas détérioré outre mesure. Grâce à Dieu. Et puis j'ai peu à peu compris mon erreur : si on répugne à me faire part d'une quelconque amélioration, c'est pour ne pas être mon obligé, pour conserver sa liberté. D'autre part, il convient de ne pas défier le sort. Cela pourrait se retourner contre le fanfaron. On ne joue pas impunément avec le verbe.

Pour les vieux de nos campagnes, la langue française est restée une langue étrangère. Ils ne l'emploient guère entre eux. Je dois avouer que, depuis mon installation, j'ai fait dans ce domaine quelques progrès : sans parler un patois gouleyant, je le comprends à peu près correctement. Ainsi ai-je appris quelques formules, comme « Est lou médichi qué vin vous veire », ou « Pépé, baissa la braille ». Lorsque j'y ai recours, il faut les entendre ricaner d'aise ! Ah ! ils sont radieux !

Les jeunes, eux, parlent plus volontiers le français.

Si je suis encore un néophyte pour la langue, j'ai considérablement enrichi mes connaissances en revanche si durement acquises sur les bancs des amphithéâtres. Comment cela ? Eh bien, simplement en écoutant mes malades. Avec leur logique simple, implacable, partant de l'embrouillamini originel, ils vous réinventent une organisation claire, schématique, bouleversante. Établissant de nouvelles et ingénieuses relations d'organe à organe, ils imaginent pour le sang, les nerfs, le tube digestif, ou les poumons, tout un réseau étonnant de chemins, de galeries, de grottes... Ces différents systèmes communiquent entre eux par un dédale de tuyaux, de trous qui changent de destination selon les individus.

Quant à la pathologie humaine, elle se limite à quelques symptômes majeurs. Tout ce qui touche de près ou de loin aux rhumatismes, c'est une *douleur*; on a une douleur, « le docteur a dit que c'était une douleur »... L'estomac, il est généralement *rétréci*, ou même *descendu*. Le poumon, toujours unique, est d'ordinaire victime d'un coup de froid qui vous *tombe* sur la poitrine. Il faut aussi mentionner les organes voyageurs. Ils n'en finissent pas de se décrocher, de se tordre, de descendre... quand ils ne remontent pas! Les nerfs, hélas! ne sont guère plus sages : ils se nouent, se croisent, se déplacent sans la moindre pudeur. Le comble, c'est lorsqu'ils ne se touchent plus. On est au plus mal.

La portée universelle de certains de leurs jugements ne m'échappe pas. Ainsi, le genre humain est divisé en deux catégories bien distinctes : il y a ceux qui sont *asthme* et ceux qui ne le sont pas. Pénétrant comme un proverbe bantou.

J'ai adopté leur parler simpliste, pour plusieurs raisons. Tout d'abord, pour me faire comprendre. Cela va de soi. Mais aussi, je le confesse, afin de me retrancher derrière un voile verbeux lorsque le diagnostic fait problème. Je m'y adonne avec d'autant moins de retenue que, bien souvent, leurs affirmations ne sont pas dénuées de perspicacité : Une mère m'amène son enfant. Le gamin est convulsé d'une toux tyrannique. Elle me déclare :

« Le petit, il a une branche de coqueluche ! »

Une branche, pas si bête, pour un arbre respiratoire...

J'ignore si la science ferait un grand pas en avant en s'inspirant de leurs conceptions. Il n'empêche que, tout empirique et empreinte de merveilleux qu'elle soit, leur approche des phénomènes médicaux est le fruit de constatations ancestrales.

Ne serait-ce qu'à ce titre, elle mérite la sympathie; au sens premier du terme.

Dans notre haute Ardèche, la quasi-totalité des maladies de l'enfance trouve sa source en une étiologie unique : la crise d'épilepsie, la méningite, les troubles digestifs, les mauvais résultats scolaires, tout cela est dû à une *montée des vers.* Les randonnées inlassables de ces intrépides alpinistes suivraient les cycles lunaires.

« Regardez, docteur, c'est sûrement une montée des vers, le petit se frotte le nez... »

Effectivement, j'ai constaté une corrélation entre les deux symptômes, mais pour ce qui est d'établir une relation entre une démangeaison à l'anus et un nez qui gratte, alors là, je donne ma langue au chat...

La seconde plaie de l'enfance n'est autre que l'éruption dentaire. Si bébé souffre d'une angine, d'une otite, d'un rhume, que sais-je? c'est qu'il *met ses dents.* Tout simplement. Cela vous poursuit jusqu'au régiment.

Pour l'édification générale et le plaisir de leurs proches, les médecins, du moins ceux qui ont le goût de l'humour, ne manquent pas de conserver en tête une sélection des histoires cocasses et des bons mots qu'il leur a été donné de recueillir au cours de leur carrière. Bien que la mienne en soit encore à ses linéaments – du moins j'ose l'espérer – et que ma mémoire me joue des tours, j'ai déjà ma petite collection privée.

Je vaccine régulièrement contre le *Napoléon d'élite*, je traite de douloureuses *collines* vertébrales, des femmes atteintes de prostate, des hommes souffrant d'hémorroïdes à la nuque. J'ai envoyé sur la table d'opération du chirurgien un *parapluie moisi*. J'ai fait des *pansements de synovie*, j'ai à ce jour examiné un bataillon de vierges porteuses d'un *Christ* dans le ventre, j'ai assisté à des *vomissements de bible*, suite à des troubles de *vésicule immobilière*... C'est parfois si délicieux que je ne peux m'empêcher de faire répéter pour mieux savourer.

En dépit de mon entraînement et de mes efforts de compréhension, il m'arrive d'être confronté avec des énigmes impénétrables. Je reçois une vieille dame et l'invite à m'expliquer ce dont elle souffre :

« Je suis poussée... Je suis poussée... », se borne-t-elle à me répondre.

Par qui ? Par quoi ? J'essaie de la faire préciser. Sans succès. Le mystère reste.

Parfois il est des formules, certes imagées, mais qui ne m'aident que peu à former un diagnostic. Un homme me décrit ainsi les symptômes de son malaise :

« C'est comme si on me jetait des grands seaux d'eau dans les artères. »

Heureusement, ces deux patients n'étaient pas des cas bien graves. Ils s'en sont remis.

Autrement tragiques les paroles de cet homme à l'agonie, les dernières qu'il ait prononcées :
« Docteur, je brûle... Je brûle... »
Des mots poignants qui semblaient venir d'outre-tombe.

Le médecin, c'est un peu un curé laïc. Devant lui, on se défoule; on lui livre son angoisse, on lui abandonne ses tourments. Le métier est ainsi. Celui qui en trouve le fardeau trop pesant a toujours la liberté d'en changer. Toutefois, certains clients abusent. Le plus souvent d'ailleurs, ce sont les mieux portants. Sur les murmures de leurs intestins, les soubresauts de leur thermomètre, les aléas de leur tension, ils sont intarissables. Lorsque j'ai affaire à l'un d'eux, je ne tiens pas le coup très longtemps. Rapidement, mon argumentation s'essouffle, devient plus lâche, jusqu'à s'éteindre de mort naturelle. Je m'installe confortablement, le dos bien calé, les avant-bras sur les accoudoirs, le regard perdu par-delà l'horizon de la porte-fenêtre. La chaleur, la fatigue et le ronron du client aidant, je pars pour un voyage immobile. La baie de Calvi se dessine de plus en plus nettement. Entouré des miens, je me prélasse sur la plage gorgée de lumière. La lumière jaune des fins d'été.

Je suis bien. Une vague vient me lécher les pieds, doucement. Discrète, la brise me souffle des senteurs de maquis. Sous mes doigts, le sable tiède fait des cascades tendres.

« C'est épouvantable, docteur, je ne vais pas à la selle, ou si peu... Et pourtant, je prends régulièrement mes laxatifs... »

Les enfants se chamaillent leurs pâtés. Un

paquebot pointe à l'horizon. Le *Corse* ou le *Comté-de-Nice*? Tiens, la mer s'est tue...

Devant moi, un visage interrogateur. J'approuve d'un air grave et entendu et suggère de nouveau au patient de se déshabiller, mais il plonge derechef dans les méandres de son intestin grêle.

Et moi dans la Méditerranée.

Comme les traditions religieuses sont encore vivaces en notre pays vivarois et que les familles y sont nombreuses, rares sont celles qui ne comptent pas une bonne sœur parmi leurs membres. Pour certaines d'entre elles, la prise du voile répond à une vocation, à un appel intérieur, mais bien souvent par chez nous c'est la seule solution. Passé un certain âge, il devient difficile de nourrir tout le monde. Le couvent reste donc un abri pour celles qui ne se sont pas trouvé un mari, pour celles qui n'ont pu tenter leur chance ailleurs : la ville est perçue par ces âmes simples comme un lieu de dépravation, et l'ouvrage n'y abonde guère. Alors, après avoir fêté sainte Catherine, il ne reste plus qu'à remplir de linge une grosse malle, à arrimer une commode sur la charrette à bœufs et à gagner le couvent. Le cœur gros. Car il eût été doux de bercer un enfant, de choyer un mari, de tenir un foyer... En quittant ses parents sur le seuil, c'est à ce bonheur impossible que l'on songe, les larmes aux yeux. Et, pour ce qui est de la vocation, elle viendra bien un jour, avec le temps.

Et moi, malgré mes allures de mécréant et bien que mes enfants fréquentent l'école libre, je suis leur médecin attitré – *gratis pro Deo*, s'entend, car je n'ignore pas leurs problèmes de trésorerie.

Chose curieuse, la malade ne vient jamais seule. Que ce soit dans la salle d'attente ou dans mon bureau, elles sont toujours trois : la patiente, l'une de ses sœurs et la supérieure. C'est immuable. Anges gardiens? Référence à la Trinité? Je n'ai pu éclaircir la signification – théologique ou pratique – de cette coutume. Au demeurant, nous sommes les meilleurs amis du monde et je suis particulièrement sensible à leur fidélité.

Presque chaque jour, je repère l'arrivée d'un monsieur habillé avec soin, lesté d'une lourde serviette : c'est l'inévitable visiteur médical. Il appartient à la variété envahissante de l'espèce des hydres tentaculaires; vous en recevez un, il en revient dix... Vous lui consacrez une minute, il vous en prend vingt...

Le plus dangereux, c'est le petit roublard qui reste debout dans la salle d'attente en essayant de se glisser entre deux clients : après quelques tentatives discrètes de façon à jauger l'ennemi, il surgit comme un diable dès que la porte s'entrouvre et vous agresse littéralement.

Pris au piège : avec son bouclier de cuir, il vous coince contre le mur dans l'angle du couloir et se met à vous bombarder d'une rafale meurtrière de boîtes d'échantillons, d'une pluie de prospectus bariolés, de buvards, de gadgets indispensables, que sais-je? de reproductions des châteaux de la Loire, du trésor de Toutankhamon, en vous débitant une chanson frénétique lubrifiée de postillons anisés. Il y est question de grands patrons, de formules savantes, de N Diméthyl-amino-2 Méthyl...

Le souffle coupé, vous demandez grâce : oui, c'est le remède miracle, oui, l'humanité en a fini avec les rhumatismes, une fois pour toutes... Le cancer, la vérole, les oreillons, de l'histoire ancienne tout ça! On va enfin dégoitrer les goitreux, restituer leurs becs aux lièvres, enlaidir les pieds-bots... Oui, je l'avoue, je le jure, mais pitié, pitié, mon bon monsieur... Comme à regret, il relâche son étreinte et vous abandonne. Repu.

Toutes ces merveilles atterrissent directement dans la plus proche poubelle; le pharaon doré y fraternise avec le laxatif *machin*. Celui-là, c'est le marchand de cravates recyclé dans le médical.

Heureusement, il y a aussi le visiteur compétent qui représente un laboratoire sérieux. Celui qui n'est pas payé pour débiter des salades et distribuer des signets. Poli, il attend sagement son tour en feuilletant pour la centième fois un *Paris-Match* vieux de six mois. Entre une angine et une hypertension, je m'accorde avec lui une récréation, le temps d'une cigarette. Notre entretien m'apporte un souffle d'air frais, un air venu du monde extérieur; dans ma mythologie personnelle, il représente Hermès, il est le dieu messager qui me relie encore à la profession :

« Ah ! docteur, j'ai le bonjour à vous donner du docteur Lacoste.

– Il marche ?

– Plutôt bien, oui... »

En ces matières, la parole du visiteur médical vaut bien celle du percepteur; un coup d'œil à la salle d'attente et il est fixé sur le chiffre d'affaires du praticien. Hermès est aussi le patron des boutiquiers.

« Le docteur Barthes vend son cabinet... Il se spécialise... Si vous connaissez quelqu'un... »

La conversation tourne autour de mille choses, du paysage que l'on découvre par la fenêtre :

« Docteur, vous avez de la chance d'habiter un

si beau pays! » dit-il en me désignant la colline de Rochebrune sous la lumière de septembre...

Mais moi, avec mes yeux de forçat, je ne vois qu'une route bientôt enneigée, balayée par la burle, et le cadran d'une montre dont les aiguilles s'emballent.

Discrètement, il me rappelle quand même les spécialités qu'il représente. En homme de métier, il sait quand il faut conclure; il sait aussi prolonger notre tête-à-tête pour me laisser achever en paix ma cigarette.

La séance de déshabillage fait tout naturellement suite à l'interrogatoire.

A mes débuts, pour activer la cadence les jours de presse, j'essayais de combiner les deux opérations, Erreur de jeunesse : à chaque question, le client interrompait son strip-tease; statufié, les bras en l'air, la tête emberlificotée dans le chandail, il me baragouinait quelques mots, reprenait fébrilement sa besogne, se figeait à ma nouvelle requête, ainsi de suite...

L'effeuillage proprement dit, c'est un combat entre le patient et moi. C'est à qui sera le plus têtu. A la première invitation, Monsieur ôte sa veste, Madame dégrafe le premier bouton de son corsage :

« Ça ira bien comme ça, docteur?

— Il faudrait en quitter un peu plus... »

Après une hésitation, un tricot tombe, un chemisier s'entrouvre :

« Et comme ça, ça ira, docteur? »

Le manège se répète ainsi deux fois, trois fois, davantage si l'hiver est rigoureux... Car, avec la froidure, on accumule sur soi des strates et des strates de lainages, jusqu'à être bardé d'une carapace qui adhère au corps comme une seconde peau et confère une carrure vaguement avantageuse. On ne la quitte qu'avec le retour des beaux jours. Si l'on rechigne à se dévêtir, c'est qu'on est pudique, paresseux peut-être. Mais c'est surtout parce qu'on a honte. Honte de la misère de son corps, honte de sa garde-robe.

Les dames rangent avec soin leurs effets sur le dossier de la chaise; les hommes, eux, les laissent tomber négligemment par terre. Si je leur propose le portemanteau, je sais qu'ils vont me répliquer :

« Laissez donc, c'est pas fragile... Et puis ça salirait... »

Ces séances ne sont pas des plus gaies. A mesure qu'ils se dépouillent, on descend tout droit vers la misère. Sans être de la première jeunesse, les habits les plus voyants – la veste qu'on enfile pour se rendre chez le médecin – restent assez présentables. Mais plus on s'approche de la peau, plus la pauvreté vous interpelle : maillots fanés, rafistolés par une aiguille maladroite, verts sous les bras; chemises aux poignets qui partent en franges; bandages herniaires renforcés de ficelles; corsets craquants de partout... La voilà, la réalité de nos campagnes.

Plus pitoyables encore sont les formes qu'ils dévoilent : ces pauvres corps de femmes, esquintés par les grossesses rapprochées et le travail trop vite repris, ces corps sans grâce de femmes trop grosses ou trop maigres, aux jambes boudinées et mangées par les varices... Il y a du pathétique sur leurs visages, leurs rudes visages à l'image de leur vie. Ces joues rougeaudes, ces lèvres gercées – *ébisées*, comme on dit ici – cette peau crevassée de rides accusent les violences de l'eau glacée de la source, du mauvais savon, du soleil des foins et des moissons. Ces visages vieux avant l'âge, ces visages marqués qui conservent en secret, dans un profil, dans un regard, la trace d'une lointaine beauté, sont-ils donc indifférents à leur propre décrépitude? Et les maris, regardent-ils encore leurs femmes?

Les plus âgées ramènent leurs cheveux rebelles en un chignon que maintiennent quantité de peignes et d'épingles. Leurs cadettes adoptent volontiers une coupe plus courte; pour les grandes occasions, elles vont chez la coiffeuse du village et s'accordent une indéfrisable — bien serrée pour que ça tienne longtemps.

Les hommes ne sont guère plus reluisants. Trop tôt assujettis au travail de la terre, mal nourris dans leur jeunesse, ils ont l'échine voûtée, les jambes arquées, la poitrine plate. La peau de leur visage, tannée, burinée, résiste aux assauts du rasoir qui se venge en les balafrant d'estafilades au cou, au menton, tandis que leurs muscles durs et noueux tiennent de la branche de châtaignier, maintes fois élagué.

La peine de ces êtres est gravée en leur chair.

« Vous en avez de la veine de vivre à la campagne, au grand air! »

Qu'on vienne me la chanter, cette chanson-là, et je pourrai en parler de leur veine, moi qui les vois sans fards, qui assiste, impuissant, à la dégradation de leurs corps. Une belle jambe, le grand air.

Une fois déshabillés, le calvaire de mes patients se poursuit inéluctablement par l'épreuve de la table d'examen. On est censé s'allonger sur cet instrument de torture après avoir grimpé sur un petit escabeau.

Dans leur immense majorité, les hommes en

sortent victorieux. Ils montent sur le marchepied, posent une fesse sur le rebord de la table et, d'un mouvement simple et naturel, passent de la station assise à la station couchée en pivotant sur leur arrière-train. Tout simplement.

Pour les femmes, c'est une autre paire de manches : juchées sur l'escabeau, après bien des hésitations et un moment d'intense réflexion, elles commencent par s'agenouiller sur la table, la tête vers l'extrémité relevée – quand ce n'est pas dans l'autre direction. De là-haut, elles laissent choir lourdement leur croupe en pliant les coudes, puis, à la faveur d'une agitation complexe, à force de rotations, de torsions, de sautillements, de soubresauts, elles finissent par échouer sur le dos. Mais ce n'est pas encore au point; la tête est trop haute, les fesses débordent : nouvelles reptations, nouvelles contorsions fébriles... Quand le temps presse, j'active le mouvement en tapotant de-ci de-là comme on manœuvre un attelage de bœufs.

Cette pratique féminine défie toute logique.

Il existe une variante d'un type nettement plus expéditif et qu'emploient indifféremment les deux sexes. Cela consiste à grimper sur la table par le fond : il suffit de prendre un peu d'élan, de propulser ses fesses en arrière et de ramper sur le dos pour atteindre le bon endroit. Si le client est léger, cela va tout seul. Mais, dans le cas contraire, il y a de fortes chances pour que l'intrépide se retrouve les quatre fers en l'air après avoir renversé le meuble...

Le temps que le client se remette de ses prouesses, et je commence à procéder à l'examen, à l'auscultation, me frayant un chemin à travers une grappe de médailles d'origines diverses qui pendent au cou. Ces breloques qu'on a accumulées tout au long de sa vie commémorent le plus souvent les grandes dates de l'existence : baptême, communion solennelle, souvenir d'un pèlerinage à Lourdes... Conservateur, on ne les quitte jamais. Cela tinte tant et plus. Lorsque la chaîne qui les rassemble s'est rompue, les dames ont l'avantage sur les messieurs de pouvoir les agrafer au moyen d'une grosse épingle à l'intérieur du soutien-gorge. Du côté gauche, près du cœur : c'est plus efficace.

Sans douter le moins du monde des pouvoirs bienveillants de la Sainte Vierge à leur égard, certains n'hésitent pourtant pas à mettre toutes les chances de guérison de leur côté en associant aux reliques pieuses tout un fatras de grigris magnétiques, de pierres noires venues des Indes, de fers à cheval et de quelques autres amulettes miraculeuses. On n'est jamais assez prévoyant. Et le Seigneur est si occupé...

Comme il est rare qu'on se déshabille entièrement, il va de soi que la toilette reste des plus sommaires : on se limite aux zones laissées à découvert; on se lave le cou, les avant-bras, on s'asperge le visage, et c'est là à peu près tout.

Bien sûr, quand le pied est foulé, il faut bien le laisser tremper, mais on n'abuse pas : *cela fait mal aux dents.*

La brosse à dents n'est pas non plus d'un usage très courant et les visites chez le dentiste, exceptionnelles : on n'a recours à l'homme de l'art que dans les cas d'extractions catastrophiques. Pour le tout-venant, caries, abcès et autres bagatelles, on laisse agir la nature; au besoin, on lui donne un léger coup de pouce au moyen d'une pince de charron... Les rages de dents les plus insupportables, on les traite soi-même : une goutte d'eau-de-vie sur un coton qu'on introduit dans le chicot et le tour est joué. Mieux : on fait appel à Dubuc, un paysan d'Arlerès orfèvre en la matière. Il a un doigté fou. A l'aide d'une paille, il laisse couler sur la partie dolente une goutte d'alcali. D'après ce qu'on m'en rapporte, les résultats de cette thérapeutique seraient douloureusement épatants.

Je rage, bien souvent, d'être appelé en pleine nuit au chevet d'un malade qui se porte parfois mieux que moi. Ce n'est jamais drôle d'être réveillé par un coup de téléphone; ce n'est jamais drôle de bondir sur les routes quand on est épuisé par des années d'angoisses et d'insomnies. Mais quand j'arrive à deux heures du matin chez un client qui me déclare sentir « venir la grippe », alors là, je deviens tout rouge.

Heureusement, il ne s'agit que de quelques cas isolés. En règle générale, et c'est là la source de mes tourments, lorsqu'on fait appel à moi, c'est une affaire sérieuse.

Car les troubles supposés bénins, on les traite soi-même. De quelle manière? Huile de coude, onguents en tous genres, et on frictionne. Fort. C'est la panacée. Selon la vigueur du produit et l'énergie de l'officiant, le dos rosit, rougit sous la main. Quand je soulève les sous-vêtements, cette odeur poivrée si caractéristique m'assaille. Par malchance, j'y suis allergique : je me mets à tousser, à éternuer en rafales... Le pire c'est ce puissant révulsif dont l'emballage représente une tête d'homme pourvue d'une abondante pilosité que j'appelle « le liniment du barbu ». Pour mon bonheur, il est le produit le plus vendu à la pharmacie de Saint-Sébastien. Maudit barbu! J'en ai les larmes aux yeux rien que d'y penser! La teinture d'iode, ce révulsif du pauvre, est également très utilisée.

Divers emplâtres sont aussi particulièrement prisés pour le traitement de la douleur : au moyen d'un sparadrap, on les colle aux épaules, aux cuisses et jusqu'aux recoins les plus imprévus. Ils laissent sur la peau de belles auréoles multicolores.

Autrement agressives sont les ventouses qui marquent le dos de ronds rouges, bruns ou violacés de part et d'autre de la colonne vertébrale, jusqu'aux fesses – ce qui situe relativement bas l'anatomie pulmonaire. Le but est atteint si cela fait apparaître un superbe stigmate foncé : c'est que les humeurs ont été tirées. Lors de la pose, il peut advenir que le coton soit un peu long à s'éteindre : l'épiderme brûlé en conserve à jamais la cicatrice.

J'ai longtemps cru que la ficelle de corde rude nouée autour de la taille n'était qu'une ceinture de fortune destinée à suppléer à un dessous défaillant. Mais non, il s'agit tout bonnement d'une thérapeutique préventive et curative des maux de reins. Au fond, l'emploi de ce mince cilice ne semble pas plus bête que celui des cataplasmes de choux qui lui font une concurrence des plus déloyables pour le traitement des lumbagos...

Les condiments eux aussi sont très appréciés de mes paysans vivarois. Au premier chef, pour leurs qualités gustatives, mais encore pour leurs prétendues vertus médicinales. Cela n'est pas sans de fâcheuses conséquences : soumise à la chaleur trop vive du cataplasme, la peau brûlée se rétracte et semble avoir explosé à ce mauvais traitement.

L'ail, c'est bien connu, est le pire ennemi des vers. Sur tous les fronts, il attaque impitoyablement ces maudites bestioles : tantôt il opte pour le subterfuge d'un collier odoriférant qu'on se passe autour du cou; tantôt, broyé, bien noyé en une substance lactée, il part à l'assaut sous forme de lavement – de manière à prendre l'adversaire à revers. Il ne figure plus depuis longtemps parmi mes assaisonnements favoris. Quant à la fièvre, elle reste l'affaire des oignons. On se les applique sous les pieds, enveloppés dans un torchon après les avoir fait frire.

Si un enfant est fiévreux, c'est qu'il a pris froid et s'il a pris froid, il faut le réchauffer. Il n'est pas question de revenir là-dessus. Alors, on couvre ces pauvres gamins de monceaux de couvertures de laine, on les affuble de gilets de laine, de bonnets de laine et on les colle littéralement contre le fourneau. Le résultat ne se fait pas attendre : le gosse qui n'avait que trente-neuf de fièvre atteint rapidement les quarante et fait ainsi son *coup de chaleur*. Il faut voir le visage horrifié des parents lorsque je dénude leur petit et que je lui applique une serviette froide!

Hélas! pour bien des gens encore, la fièvre est le signe absolu de la maladie. Un enfant qui n'est pas fiévreux n'est pas malade. C'est comme cela que j'ai vu mourir des gosses de toxicose, parce qu'ils avaient tout juste trente-sept de température.

Si le bébé s'est montré récalcitrant à toutes ces ingénieuses recettes, on a recours en dernier ressort à l'insurpassable eau-de-vie. Son action couvre un spectre des plus larges : vermifuge radical, antipyrétique en diable, elle combat jusqu'à l'insomnie infantile. Additionnée d'un soupçon d'encens, on en imbibe un coton, puis on l'applique sur le nombril du malade. C'est sans pareil.

Autre formule : les troubles du sommeil chez l'enfant sont, on le sait, directement imputables à la montée des vers. Comme ceux-ci redoutent particulièrement les assauts de la violente liqueur, il suffit d'un petit verre dans le biberon du soir, et le tour est joué : l'horrible vermine expire sur-le-champ et les services du marchand de sable s'avèrent superflus.

La plupart de ces pratiques remontent – sinon à la plus haute antiquité – du moins à des croyances populaires, à une tradition ancestrale que l'imagination individuelle a adaptée aux moyens du bord. Dernièrement, je m'étonnais de voir le visage d'un gosse couvert de griffures. Je conseillai alors à la mère de lui couper les ongles. Elle eut cette réponse curieuse :

« Lui couper les ongles ?... Docteur, vous n'y pensez pas !... Pour qu'il devienne un voleur !... »

Nous autres médecins des écarts, nous n'avons évolué que peu depuis Laennec, seulement, lui, il avait du génie. Si le clystère et la lancette appartiennent tout de même au passé, face à la maladie, nos armes se limitent au stéthoscope, à l'appareil à tension et au marteau à réflexes. Avec ça, débrouillez-vous. Ce qui fait que, bien souvent, devant une douleur abdominale qui ne ressemble à rien, devant une dermatose bizarre, devant un souffle cardiaque étonnant, je suis désemparé. Il n'y a plus de maître à mes côtés pour me souffler la réponse; il n'y a pas d'analyse de laboratoire qui tienne, pas plus que d'examen radiologique. Pourtant nous sommes tributaires du service de cars; il descend les prélèvements dans la vallée le matin. Mais pas l'après-midi, ni les jours fériés. Quant à envoyer les clients se faire radiographier, c'est toute une expédition, et puis j'y risque ma réputation : si par malheur les résultats se révèlent négatifs, le paysan ne comprend pas pourquoi je l'ai fait se déplacer. Il remonte par chez nous en racontant à qui voudra l'entendre que le médecin, il « y a rien connu ». Tel est notre sort : une bien lourde charge.

Lorsque je suis confronté au mystère de ces cas, j'essaie d'en raccrocher les symptômes à quelque « tuyau » d'externat mille fois rabâché, mais, comme par hasard, il y a toujours un signe qui cloche. Fort heureusement, mes paysans ne sont pas gens à « s'écouter », comme ils disent; peu douillets, ils n'ont recours au « médichi » qu'en dernière limite, alors qu'ils sont accablés d'une pathologie si lourde que sa nature ne peut, en principe, m'échapper : articulations bloquées par les rhumatismes, vilaine plaie suppurante, cœur qui chancelle... Devant un foie hypertrophié, je risque :

« Vous buvez trop peut-être...

– Moi?... Pensez-vous, docteur... Normalement... Trois, quatre litres... Comme tout le monde!... Mais rien que du vin!... Jamais d'alcool!... »

La catastrophe, c'est le cancer dépisté trop tardivement. Par acquit de conscience, j'adresse le malheureux à un grand service spécialisé, mais je le sais condamné. Souvent, il n'est pas dupe. Sachant la fin proche, il demande à remonter chez lui. A aucun prix il ne se résoudrait à l'anonymat d'une tombe de la ville. C'est dans son cimetière qu'il veut reposer, auprès des siens. Dans sa terre, et pas ailleurs.

Je suis persuadé que pour être un bon médecin il ne serait pas inutile de suivre quelques cours d'art dramatique — tout au moins pour ceux qui ne sont pas des comédiens-nés. Face au malade, nous avons toujours un rôle à jouer. Le patient qui vient vous trouver s'interroge sur sa maladie. Il veut savoir de quoi il souffre. Il serait des plus maladroit d'avancer un diagnostic de manière hésitante : le moindre bafouillage, le plus léger flottement seraient fatals; il vous guetterait avec une acuité redoublée, il vous scruterait, flairerait la tromperie, ou même l'incompétence... Alors que si vous adoptez d'emblée un ton péremptoire — c'est ainsi et ça ne se discute pas — il s'en trouvera déjà mieux; ragaillardi. Rasséréné.

Ce qu'ils veulent, c'est, sans doute, la vérité. Mais attention, pas n'importe quelle vérité : celle qu'ils veulent entendre... Alors, je la leur dis, la vérité. Un tissu de mensonges que je jette à la face du mourant : « Mais oui, pépé, vous verrez, demain ça ira mieux. »

Ainsi notre métier ne nous ménage ni fatigues ni angoisses — ce qui est aussi le lot d'autres professions — mais nous avons droit à une petite gâterie supplémentaire : nous devons mentir. C'est inévitable. Au bout du compte, la facture déjà lourde se fait écrasante.

Quant aux malades, il est rare qu'ils se départent d'une crédulité optimiste pour ce qui touche à leur santé; même si leur fin n'est plus qu'une question d'heures, ils ne baissent pas les bras. Ils demeurent inconscients de leur état et c'est heureux : peut-être le pas est-il ainsi plus aisé à franchir.

Certains parlent de leur maladie avec une désinvolture teintée de forfanterie. On est fier d'être atteint de troubles exceptionnels. On est un cas : c'est le médecin qui l'a dit. On s'en glorifie, on peut faire des jaloux : « Pensez donc, le docteur il avait jamais vu ça! » Pour un peu, on poserait pour la postérité! on irait même jusqu'à donner son corps à un musée... Au diable l'avarice! Ceux-là, ce sont les malades imaginaires qui envahissent nos cabinets, ceux qu'en notre jargon nous nommons les fonctionnels, les dystoniques neuro-végétatifs.

Les vrais malades sont pudiques. Ils se taisent.

Le progrès technique accède en nos campagnes sans crier gare. A l'opposé des citadins, mes paysans conservent de l'enfance la capacité de s'émerveiller. Un de leurs rares privilèges. Ainsi, la banale radioscopie est dotée à leurs yeux de pouvoirs quasi magiques. Indépendamment des vertus thérapeutiques que certains lui reconnaissent, elle permet de voir par transparence tous les organes, au grand complet. C'est à qui réclamera une scopie du foie, du ventre, de la tête... Cela, c'est *la petite radio.* A ne pas confondre avec *la grande*, pour laquelle on va poser à la ville et qui donne des images qu'on emporte avec soi. Les malheureuses radiographies m'arrivent le plus souvent en piteux état; tachées, rayées, pliées en quatre... Autant déchiffrer la pierre de Rosette!

Pendant que mon patient se rhabille, je m'affaire à lui concocter son ordonnance, sa *consulte*, comme on dit ici. Cette opération requiert de ma part mesure, discernement et psychologie : il faut prescrire en quantité suffisante, mais sans abuser.

Aussi, après avoir tâté un temps le terrain, suis-je parvenu à une médication standard qui m'a semblé devoir se composer de trois éléments. Ni trop ni trop peu : en premier lieu, le médicament principal, puis le reste, pour meubler – le plat de résistance et les amuse-gueules, en quelque sorte. Car une ordonnance trop peu fournie n'inspirerait que défiance au malade, il se sentirait trompé sur son mal, et, conséquemment, la thérapeutique pourrait s'avérer inefficace. A l'inverse, je m'efforce de refréner leur fringale irréductible pour les produits de l'industrie pharmaceutique en les cantonnant à la portion congrue.

Pour la posologie, la tâche ne nous est guère facilitée par la pléthore des spécialités qui submergent le marché; elle me plonge dans le tourment de l'écolier confronté à la perversité des robinets qui fuient, des baignoires qui s'obstinent à goutter, des trains qui s'ingénient à se croiser au petit bonheur... Sous cette avalanche, ma mémoire se dérobe : est-ce une cuillerée à café ou sont-ce deux pour cinq kilos?... Je ne sais plus... Et le Cormazon, il existe en dragées, mais en suppositoires?... Le Tanoral, ça se prescrit avant, pendant ou après les repas?...

Une erreur pour une bagatelle – sirop contre la toux, fortifiant – cela ne porte pas à conséquence, mais il ne faut pas plaisanter avec un médicament agressif, surtout s'il est destiné à un nourrisson : un dosage trop fort pourrait être fatal.

Mes prédécesseurs se devaient d'établir à longueur de carrière des formules magistrales. J'ai bien essayé au début de maintenir leur glorieuse tradition par quelques formules bien choisies et patiemment apprises, comme ce sirop que j'avais élaboré avec l'aide de la pharmacienne; elle l'avait préparé en grande quantité, tant et si bien qu'un jour une cliente ingénue, et probablement satisfaite, lui avait demandé « du sirop de la bonbonne »!

Pour que le client soit ravi, il convient de lui prescrire une thérapeutique spécialisée, un costume sur mesure. Cela s'entend : distribuer la même boîte à des centaines d'exemplaires, cela vous déconsidère un malade; il n'est plus un « cas »! J'imagine avec quelque effroi la tête de deux dames se rencontrant à la pharmacie avec la même ordonnance. Je préfère n'y point songer!

Parfois, je l'avoue, c'est le trou : la plume suspendue au-dessus de la feuille, je suis perdu comme le comédien qui a oublié son texte. Le tunnel tout noir. Je m'engouffre dans d'impossibles calculs de grammes par kilo de poids, je m'y enfonce, je m'y noie... Ne pouvant disposer des services d'un souffleur, le métier aidant, j'ai semé çà et là des bouées de sauvetage pour échapper au naufrage, en l'occurrence de précieux pense-bêtes, dans l'invraisemblable fouillis de mon bureau auquel nul n'a le droit de toucher : au fond d'un tiroir, au milieu d'un carnet de soins, sur la tablette du lavabo... Je les lorgne à la dérobée pendant que le client enfile son pantalon, reboutonne sa chemise... Un de mes vieux maîtres se plaisait à affirmer qu'on pouvait tout — absolument tout — traiter avec dix médicaments...

Bien que la rédaction de l'ordonnance ne soit pas toujours évidente, cela ne pèse pas lourd comparé à l'explication verbale que je me dois d'y apporter. « Vous prendrez quatre jours ceci, matin et soir, les trois autres jours cela. Un jour oui, un jour non. Au réveil, quatre cuillerées de cela et quatre autres le soir... » Ces semaines disloquées, ces jours avec, ces jours sans, il y a de quoi plonger mes braves paysans dans une profonde perplexité. Ils commencent par tendre l'oreille, opinent du chef, et insensiblement se mettent à froncer les sourcils, écarquiller les yeux en ouvrant gentiment la bouche. De toute évidence, j'ai raté mon coup. « Bon, je recommence. » Et je me remets à découper la semaine, les jours pairs, les jours impairs, en scrutant leur regard et m'interrompant au premier signe de perdition. Puis je reprends mon laïus où je l'avais laissé, et ainsi de suite.

« Vous savez, docteur, on n'est pas bien instruits... Peut-être que les enfants... »

Il m'arrive d'abandonner en cours de route en misant sur l'inépuisable patience de la pharmacienne et sur ses talents pédagogiques, lesquels, semble-t-il, me feraient défaut.

Malgré cela, j'ai vu, de mes yeux vu, tournoyer des suppositoires à même le bol de tisane, de beaux yeux attestant la qualité du délicat bouillon... Pratique au demeurant beaucoup plus efficace que celle, fort répandue en nos montagnes, qui consiste à se les administrer avec l'emballage de plastique ou de papier argenté... J'ai vu prendre des gouttes pour le cœur à la façon de l'alcool de menthe, mettre des dragées à l'endroit où les suppositoires étaient d'ordinaire attendus... Mon confrère Larose m'a rapporté avoir conseillé à l'un de ses malades de suspendre ses médicaments : le lendemain, il pouvait en admirer les boîtes oscillant au bout d'une ficelle tout autour du lit...

Quoi qu'il en soit, nos malades des montagnes se remettent de leurs maux incomparablement plus vite que les citadins. D'où cela vient-il ? Je n'ai pas l'outrecuidance de nous en attribuer le mérite à nous, médecins des écarts. L'air de chez nous est-il chargé d'effluves curatifs inconnus ? Toujours est-il qu'une bonne grippe n'éloigne des champs le paysan qu'un jour ou deux; les appendicites, les hernies de chez nous ne sont pas plus dramatiques; pour un accouchement, la maman ne quitte son labeur qu'une petite semaine, tout compris...

Au fond, c'est peut-être vrai qu'ils en ont de la chance, les paysans...

Pour bon nombre d'entre nous, le moment le plus pénible – dernier acte de la consultation – c'est le paiement des honoraires. Vivre de la peine, de la souffrance des autres, je le ressens comme le comble de l'indécence. Peut-être qu'au tréfonds de moi-même je désire que le client me soit redevable; je souhaite être l'objet de sa reconnaissance; mais la maladie codifiée, tarifée, me l'interdit.

Comme bien des confrères, je calcule mes honoraires au plus juste, c'est pour cela que je ne suis guère mieux nanti aujourd'hui qu'au premier jour, ce premier jour où j'avais gratifié le déménageur de mon ultime gros billet en guise de pourboire... C'était chevaleresque, complètement idiot, mais ainsi, je commençais vraiment à zéro. Et puis, lorsqu'on n'a pas été épargné par la pauvreté, on peut parler aux humbles sans avoir l'air de se moquer d'eux.

« Ça fera combien, docteur ? »

Cette question, elle me surprendra toujours. Jamais je ne me ferai à vendre ma « marchandise ». Les clients se font un devoir de payer, même les plus démunis. Du moins, les gens du pays. Je ne parle pas, bien sûr, de certains vacanciers qui nous honorent déjà en condescendant à nous consulter; s'il fallait encore nous verser des honoraires, où irait-on !

Parfois, les plus pauvres me demandent d'attendre un peu : que la vache ait vêlé, que les allocations familiales arrivent... Cela me sort rapidement de la tête; mais eux, jamais ils n'oublient. Ils paient parce qu'ils sont honnêtes, foncièrement, et puis c'est une question de dignité. Voilà tout. Ces vertus, dans ce coin du haut Vivarais, ça ne se marchande pas, c'est l'air même qu'on respire. Je sais que je pourrais laisser la maison grande ouverte et que jamais le moindre objet ne bougerait de sa place. Par ailleurs, à qui voudrait quitter le pays aisément, il suffirait de tourner la clef de contact de ma voiture — je ne prends évidemment pas la peine de la retirer — et le tour serait joué. Cela ne sera pas, je le sais bien.

« Ça fera combien, docteur? »

L'opération ne m'affecte pas trop dans mon cabinet, l'argent m'y semble plus anonyme, sans âme; mais chez eux, avec les enfants, avec les vieux..., ce froid, cette pénombre, cette crasse..., j'ai la sensation pénible de leur donner le coup de grâce. Cette mère entourée de sa marmaille morveuse... Elle tient bien serré entre ses mains jointes un vieux porte-monnaie râpé qui fut peut-être blond, tout noirci de sueur maintenant... Cette grosse bourse à soufflet que ferme un bouton-pression... De ses doigts gourds elle fouille une à une les poches, en extrait quelques timbres, des papiers froissés et un petit rectangle graisseux, taché, presque aussi noir que le cuir qui le contient... Elle déplie lentement le billet, le défroisse de la paume, le palpe comme un animal qu'on chérissait et qu'on va perdre... Cet instant est interminable. Enfin, la main tremblotante me le tend. Je baisse les yeux, je fuis le regard que je crois empreint d'un furtif reproche. J'ai envie de repousser cette main, j'ai envie de crier : « Non !...

Non... Gardez donc votre argent pour bouffer! Gardez-le pour habiller vos gosses! »

Ces yeux qui me scrutent, qui me jugent : « Prendra... Prendra pas... » Ces milliers d'yeux qui me transpercent... Cette main qui me tend peut-être le dernier sou... Le porte-monnaie gît sur la toile cirée, dégonflé, affaissé comme un oiseau mort...

Mais une autre voix perfide me souffle : « Attention, c'est honnête, mais le coup du porte-monnaie, on te l'a déjà fait! Dans celui-là, il n'y a qu'un misérable billet, mais les autres, ils sont dans le gros, là, caché... Et puis zut, des gosses tu en as toi aussi... Et puis une visite gratuite, ça fait moins d'effet... ça déconsidère le métier... Et puis ils seront remboursés... Et puis... Et puis... »

Alors, je ne compte pas la visite de nuit, ou du dimanche, je rogne sur les kilomètres... Et je finis par le prendre, ce malheureux billet.

Voilà de quoi est fait mon ordinaire... Consultations, visites à domicile, appels nocturnes..., et ce tous les jours que Dieu fait, si ce n'est ma fuite estivale vers la baie de Calvi...

Le quotidien s'agrémente cependant de quelques autres douceurs : les séances de vaccination collectives et les consultations mensuelles de nourrissons. La publicité de ces opérations de grande envergure est assurée de main de maître par mon ami le curé d'Arlerès. Du haut de sa chaire, entre la lecture du nécrologe et les litanies d'avis de mariage, il exhorte ses ouailles à se faire vacciner contre la polio : « Un devoir de chrétien! » Grâce à lui, je distribue mes gouttes de vaccin sur un sucre à la cadence frénétique des communions un jour de Pâques! Dieu soit loué!

Les consultations de nourrissons se déroulent néanmoins très démocratiquement à la salle de la mairie d'Arlerès l'été, mais en hiver de préférence à la cure, qui est mieux chauffée et moins humide.

Le profane et le sacré s'entendent au mieux par chez nous, et, comme de toute façon tout le monde est catholique, jamais personne n'y a trouvé à redire.

La fréquentation de ces séances est variable; s'il fait mauvais, si l'on est en période de grands travaux, je ne ferai guère salle comble. Les paysannes, trop occupées par chez elles, ne m'amènent que rarement leur progéniture; d'ailleurs, descendre des montagnes avec un bébé dans les bras par les chemins boueux, cela tient du prodige. La poussette est d'un usage, bien entendu, impensable.

Par contre, les dames du village profitent de l'aubaine pour sortir de leur maison et papoter un brin. Lorsque j'arrive, mon pèse-bébé sous le bras, l'assistante sociale est déjà là. En vrai Père Noël, elle a commencé à distribuer ses merveilles : pelotes de laine, échantillons de farines et de décoctions, pots de compotes pour bébés... Deux pelotes bleues par-ci, deux roses par-là... Les dames se sont installées confortablement dans les fauteuils de faux cuir, sur les chaises cannées; leur rejeton sur les bras, elles font salon. Presque une réunion de famille! L'une après l'autre, elles déposent leur chef-d'œuvre sur la bascule. Le moment crucial : ou bien le petit démon s'insurge, se met à vociférer, les bras en croix, les poings serrés, et il est impossible de le peser, ou bien le petit ange trouve la chose plutôt à son goût : il se gratte le nombril d'aise, fait risette à la cantonade sous l'œil attendri de la mère.

Ici, la santé du nourrisson est directement proportionnelle à son poids; plus il est lourd, mieux c'est. Un beau bébé, c'est quelque chose comme un gros lardon. Alors, j'en vois défiler des bajoues, des ventres à gros plis, des cuisses si dodues que les pieds ne se peuvent joindre! Qu'importe, les mamans sont radieuses... D'ailleurs, à cette consultation, je ne vois guère que des enfants bien portants. Les maigrichons, les eczémateux, les fesses saignantes, ils font honte aux mères, elles les cachent. Si bien que ceux que j'examine n'ont de toute évidence aucun besoin de mes soins. Les dames conçoivent la cérémonie comme un concours de beauté du plus beau bébé où l'assistante sociale et moi-même sommes censés faire office de jury... Comme il se doit en de telles occasions, après une toilette minutieuse, on a paré bébé de ses plus beaux atours. Du coin de l'œil, je regarde ces mamans qui attendent leur tour. Elles serrent bien fort le petit contre la poitrine, lui caressent doucement la tête, les fesses... De son doigt boudiné, il tire la joue maternelle avec maladresse, s'agrippe à ses oreilles, à ses lèvres...

Tout ce petit monde pesé, ausculté, examiné, les dames partent ensemble et poursuivent leurs parlotes; quant à nous, l'assistante sociale et moi-même, nous sommes attendus par le curé, c'est de tradition. Nous nous retrouvons autour de la table de la salle à manger. M. l'abbé tire de son buffet Henri II une bouteille ambrée et nous sert un petit verre de vieux marc. Le liquide me brûle les lèvres que je me risque, par amitié, à y tremper.

V

Le village des Corneilles s'étale à mi-pente d'une large combe profonde, de l'autre côté du col des Ronces. Pour accéder à ce col balayé par le vent, une route sinueuse, escarpée, défoncée par le dégel où le vert tendre des châtaigniers fait progressivement place à l'inquiétante noirceur des sapins. La haute montagne vivaroise, ce sont des conifères. Sur l'autre versant, autour des Corneilles, pas le moindre espace cultivé. Le village du bout du monde.

Dieu sait si j'y suis allé! De nuit, je n'étais guère rassuré par ces forêts glaciales. J'avais toujours hâte d'arriver chez Sauzet, mon dernier client en cette contrée désolée.

Eh bien, c'est fini. Je ne viendrai plus aux Corneilles. Sauzet s'est éteint, le dernier naufragé à résister encore par là-haut. Il vivait là avec son chien pour compagnie. J'avais bien tenté à plusieurs reprises de le convaincre de descendre à l'hospice, mais le vieux ne voulait rien savoir. C'est là-haut qu'il avait vécu, c'est là-haut qu'il mourrait.

Ce matin, je monte une dernière fois aux Corneilles avec Poinard, son ami de la vallée qui lui apportait régulièrement de la ville ce dont il avait besoin. Ils avaient fait la guerre ensemble. Hier soir, il l'avait trouvé très mal et avait passé la nuit auprès de lui.

Oh ! ce n'est pas que je sois surpris par sa fin, c'était, au plus, une question de jours, mais cela fait quand même quelque chose la disparition du dernier habitant d'un village. Même si Sauzet ne sortait de sa cuisine que pour aller chercher du bois à la remise, le village était encore habité. Aujourd'hui et à jamais, c'est un village mort, abandonné. Même le chien de Sauzet : c'est Poinard qui le prendra chez lui.

Avant de regagner la vallée, j'ai envie de revoir les Corneilles, de m'offrir une visite d'adieu. Qui viendra donc désormais se fixer ici ? Quelque vacancier épris de burle et de solitude ? Qui sait ?

Je ne suis pas bien vieux dans le pays, et pourtant, je me rappelle, il y a six ans, en 59, il y avait encore ici un semblant de vie... Il y avait encore un café, une école... Quelques familles s'obstinaient à y vivre. Mais, par ici, une famille, ça fait du monde ! En l'espace de quelques années – que dis-je, quelques mois – tout s'est vidé. Une épidémie. Les hommes sont descendus travailler aux papeteries et aux tanneries de la vallée, les femmes et les enfants ont suivi. Les vieux, on les a mis à l'hospice, on a vendu les dernières bêtes et on a laissé Sauzet là-haut. Ce soir, la femme de Poinard et quelques autres viendront pour la veillée funèbre traditionnelle, et ce sera fini.

La nature, silencieusement, a commencé son œuvre. Autour du village, en ce début d'été, les champs sont envahis par les genêts. Cette éclatante parure d'or, j'y vois la faillite de l'homme, son absolue petitesse face aux éléments, la fugacité et le précaire de son séjour sous ces cieux. Ils sont partis en courbant l'échine, épuisés, découragés, vaincus. Ils en avaient assez de se tuer à fouiller une terre durcie par la burle, d'inonder de leur sueur des champs qui ne donnaient rien. La faim les a chassés. L'isolement et l'ennui aussi.

Les gens qui viennent des villes, de l'opulence, on célèbre pour eux par là-haut « la fête des genêts », on en gorge des chars qui croulent sous l'or de cette fleur maudite. C'est bien d'or qu'il s'agit... Quelle dérision! Les paysans ne participent pas aux festivités, ils n'ont pas le cœur à ça... Les genêts, eux qui savent à quoi s'en tenir, ils les appellent les balais.

Tôt ou tard, la nature reprend le dessus. C'est la loi de nos montagnes.

Oh! ce n'est pas de gaieté de cœur qu'ils ont quitté le pays, ce pays qui les avait vus naître, ce pays où leurs enfants avaient vu le jour; ils y étaient habitués, ils y étaient attachés et ne lui tenaient pas rancune. En bas, à la ville, ce qui les attendait, ils n'en avaient qu'une idée assez vague. Ils étaient tous quand même descendus à Saint-Sébastien, ne serait-ce que pour les foires, mais certains ne connaissaient même pas Annonay... Les hommes, leur grand périple, ce fut la guerre. Mais enfin, au bout du compte, tout valait mieux que la misère.

Le pays est beau. Comme si la beauté n'était vraiment éclatante que lorsqu'elle se nourrit au tragique, l'harmonie des formes, des couleurs, la lumière si pure de nos monts du haut Vivarais, cela a de quoi émouvoir. L'âpreté de la nature ne la rend que plus poignante.

Autour des Corneilles, sous mes yeux, ces prés

si pentus que les hommes devaient faucher, faner, rouler à la main, comme au siècle dernier... J'aventure mes pas dans ce qui fut un village. Les maisons sont bâties de part et d'autre d'une rue unique qui ne mène nulle part. Au-delà, c'est le ravin. Tenant lieu de garde-fou, l'église est perchée au bord du précipice, comme pour montrer l'abîme à ceux que la bonne parole laissait froids...

L'herbe a troué le goudron de la route. Elle pousse plus dru au milieu, là où les roues ne passent jamais; par endroits, le jaune des pissenlits rehausse l'anarchie de l'herbe folle. Ils jonchent aussi le seuil des maisons; un signe qui ne trompe pas.

Entre les bâtisses de granit, les passages étroits sont livrés aux orties et aux ronces; elles se sont attaquées aux façades et mangent déjà les volets. Une porte mal jointe, et elles s'infiltrent à l'intérieur pour réapparaître au linteau. Les ronces sont les rosiers des maisons mortes. J'ai beau chercher, pas une habitation n'a trouvé grâce auprès d'un touriste égaré. Maintenant, il est trop tard.

On peut encore distinguer aux volets à demi arrachés, aux toitures trouées, celles qui ont été abandonnées il y a longtemps; mais bientôt tout sera égalisé dans la ruine; bientôt, les Corneilles, ce sera un tumulus informe.

Au-dessus des portes, on devine çà et là quelque enseigne décrépite d'un commerce.

J'avance vers l'église que jouxte le presbytère à ciel ouvert. Mes pas couchent les orties qui dissimulent les marches du perron. Une pluie d'ardoises couvre le seuil. Le clocher, lui non plus, n'en a pas pour très longtemps. Je pousse la porte de l'épaule; visiblement, elle a été forcée. Elle geint et racle le sol. Je suis accueilli par des battements d'ailes dans la pénombre. Je suis venu déranger les derniers fidèles... Peu à peu, je distingue des bancs et des chaises dépaillées couverts de gravats. Au milieu du chœur, un autel rococo en faux marbre, parsemé de plâtras. Contre les piliers, à mi-hauteur, au-dessus de petites étagères, la pierre fait une tache plus sombre; les saints aussi sont partis pour d'autres cieux.

Aux endroits où le crépi a éclaté, une lèpre de mousse et de salpêtre a envahi les murs; entre les pierres disjointes, la pluie a laissé des traînées brunes; on croirait que les murs ont saigné. De plus en plus nombreuses, les hirondelles affolées virevoltent autour des colonnades et font un va-et-vient hystérique à travers les vitraux brisés. Je n'ai que trop abusé de leur hospitalité. Je repousse la lourde porte.

Du parvis, j'aperçois les maisons en enfilade et, de l'autre côté, la route qui meurt à mes pieds. La mort d'un village à quelque chose de terrible, de tragique, surtout lorsque, comme moi, on l'a connu, sinon prospère, du moins encore animé par de rares familles. C'est un cadavre sans âme qu'on a oublié d'enterrer et dont le corps pourrit à tous les vents. Je contemple une à une les façades désolées; certaines me rappellent quelque souvenir, comme cette grande bâtisse contre laquelle court encore un rosier grimpant... C'était le bistrot du « Gaulois ». Nous l'appelions ainsi à cause de ses magnifiques moustaches et de ses airs de fier-à-bras. Je le connaissais bien, son café... Oh! pas pour m'être délecté de sa bière éventée, Dieu m'en garde... C'était dans ce café que je faisais les vaccinations, du temps où il y avait encore des enfants au pays. A peine six ans..., j'ai de la peine à réaliser.

De drôles de séances ces vaccinations ! C'était l'événement ! Et quels préparatifs ! Il fallait faire bouillir les seringues dans un grand fait-tout, ensuite farfouiller pour attribuer à chacune son piston, sinon ça coinçait au moment crucial... Et ces bambins qui voyaient le diable en ma personne ! Pensez, le médecin, cet ogre faiseur de piqûres dont on menace les enfants pas sages... Si l'un d'eux avait le malheur de me reconnaître lorsque je faisais mon entrée, c'était la panique générale... Rien n'est aussi contagieux que les cris de terreur d'un enfant. Alors je piquais, je piquais à une cadence effrénée, pour fuir au plus vite cet enfer.

Comme l'opération ne rapportait au Gaulois, au plus, qu'un surcroît de ménage, il fallait bien boire un verre avec lui à la fin des grandes manœuvres. Nous écartions les flacons de pipi de ces petits garnements, et, sur un coin de table, l'assistante sociale et moi, nous trinquions à la santé du Gaulois.

Brave Gaulois, gentil Gaulois, comment t'oublier ? La dernière fois que je t'ai vu, c'était à l'hospice de Saint-Sébastien ; tu trônais dans un large fauteuil recouvert de velours pourpre... Ce fauteuil qui avait été étrenné pour la visite de Mgr l'évêque du diocèse... Tu étais superbe, tes belles moustaches, ton opulente chevelure blanche, tes mains pâles bien à plat sur les accoudoirs, tes yeux bleus qui me regardaient sans me voir, tout en dedans ; tu avais la majesté d'un roi barbare sur son trône. Toi aussi tu es parti, plus loin que la vallée.

A deux pas du café du Gaulois, une maison où l'on distingue encore la touche régionale. Sous le toit à génoises, une volée d'escalier abrupte et gauche plonge sur le « couradou », terrasse couverte par un avant-toit que soutiennent des piliers de bois massif. La bâtisse est encore très élégante et la moins dégradée du village. Tout au moins extérieurement.

Cette maison, c'était la tanière crasseuse et enfumée des Pieds Nickelés, comme je les appelais. Trois frères l'habitaient. De drôles de lascars. Je les revois comme sur la couverture d'un album les facétieux héros de mon enfance : l'aîné, un ivrogne bon teint. Un gros nez rubicond illumine sa trogne patibulaire coiffée du béret basque, bien à plat sur le crâne. A sa droite sur l'image, son unijambiste de frère pose dignement. J'entends encore couiner sa jambe de bois et son parler distingué. Presque un *monsieur*, avec son chapeau de feutre noir à bords roulés. Et roublard avec ça...

Quant au benjamin, il est borgne. Il ne pouvait décemment faire moins. Son œil de verre regarde le ciel en permanence, cela lui donne un petit air mutin. Il est tellement fainéant qu'il s'est inventé une démarche économique, tout en souplesse, lente, les genoux à demi fléchis.

Ce qui vient parachever la légende des trois frères, c'est la mort accidentelle de leurs parents, dans des circonstances identiques, à un an d'intervalle, presque jour pour jour. Ils se sont tous les deux fracassé le crâne sur les marches verglacées de l'escalier de pierre un soir d'hiver. Tous les deux morts dans le même hôpital, sans avoir repris connaissance.

Quant aux Pieds Nickelés, ils finissent aujourd'hui tout douillettement leurs jours à l'hospice.

Un peu en retrait, une grande construction où l'on accédait par un chemin pentu qui ruisselait toujours de purin, à gros bouillons. C'était une maison d'habitation flanquée des écuries et de la grange à foin. Je me rendais souvent dans cette demeure qui n'avait pas été gâtée par la Providence. Le père, encore jeune, était condamné sur un fauteuil à roulettes; une artérite lui avait emporté le pied. On lui avait bien fixé une prothèse, mais il n'avait jamais essayé de s'en servir. Il passait ses journées dans la cuisine à se regarder le pied. A quarante ans, il était déjà gâteux. Je n'ai jamais pu tirer de lui que des « Agleu... doteu... »

Par bonheur, sa femme était une force de la nature. Cheveux courts, le biceps saillant sous les manches du tablier, la bouteille toujours à portée de main, elle portait le pantalon, s'occupait de la ferme, des bêtes, du mari et des enfants. Eux aussi sont partis. Lui au cimetière, elle et ses enfants je ne sais où...

Un édifice bien laid, entaillé de profondes lézardes, entouré d'une cour sans ombrages. Un coup de pouce, et tout, semble-t-il, s'écroule. Entre les tuiles moussues, l'herbe a poussé en touffes. C'était l'école. Je l'ai connue ouverte; elle accueillait encore, tant bien que mal, une poignée d'élèves. Les jeunes institutrices, qui échouaient pour leur tout premier poste dans ce village, ne faisaient pas long feu. Au lendemain de leur arrivée, elles demandaient leur mutation. Je n'en ai pas connu une seule qui ait résisté la totalité d'une année scolaire. Il n'y a pas là de quoi s'étonner; leur logement tenait de la cabane à cochons désaffectée, à peine améliorée. Quant à la salle de classe, elle se résumait à quatre murs crasseux, écaillés, un poêle à bois qui noircissait le plafond, quelques tables et quelques chaises de récupération.

De la rue, j'apercevais à travers les fenêtres, derrière le bureau de la maîtresse, une carte de l'Europe et de l'Afrique du Nord piquée de moisissures. Elle apportait quand même une touche colorée à la grisaille de l'ensemble : l'Italie en vert, l'Espagne en jaune, la France et ses colonies en rose... La même carte qui avait jadis bercé mon enfance dans de lointains et merveilleux voyages imaginaires...

Au moindre coup de burle, les tuiles s'envolaient. C'était le naufrage, la panique générale. Ça ruisselait de partout. Je me souviens de la dernière institutrice, une jeune fille timide et toute pénétrée de sa mission. Elle m'avait pourtant avoué : « Dans ce bled, c'est pas une institutrice qu'il faut, c'est un explorateur! » La pauvrette avait beau s'évertuer à déplacer sans cesse son lit, c'était pour l'installer sous une nouvelle cascade. Le plâtre lui tombait dans la soupe, elle avait les yeux rougis par la fumée du poêle qui avait renoncé à tirer depuis que la cheminée s'était affaissée... Finalement, elle alla chercher refuge chez une collègue des environs un peu mieux nantie, puis elle disparut comme les autres.

Un peu plus loin, un amoncellement de ferrailles rouillées : cercles de tonneaux, carcasses d'engins agricoles, récipients en tout genre... Tout à côté, un tertre brunâtre qui a bravé l'assaut de l'herbe folle. C'est là que tous les ans on installait l'alambic.

L'alambic... Bien avant d'arriver au village, je savais qu'il était là. Le parfum âcre des genêts chauffés au soleil, il l'étouffait de l'épouvantable relent de vomi qu'il distillait à la ronde.

J'associais la masse noire de cette machinerie diabolique aux créatures démoniaques qui hantent les tableaux de Jérôme Bosch. Autour d'une tuyauterie de cuivres rutilants, l'ombre mouvante des bouilleurs s'affairait dans une épaisse fumée trouée de lueurs rougeâtres. C'était une vision dantesque; les forces du mal œuvrant à une alchimie infernale.

Quand je passais près de l'alambic, j'étais dévoré du désir d'y balancer une grenade salvatrice, je rêvais de le voir exploser dans un rougeoiement libérateur, sûr que ce simple geste serait autrement efficace que toutes les campagnes antialcooliques imaginables. Si du même coup le patron y périssait, on aurait pu m'élever une statue, avec en épigraphe : « A notre bienfaiteur, les épouses reconnaissantes. » Je le revois, le maître de ces basses œuvres, leur grand ordonnateur, ce faiseur d'eau-de-mort, avec son teint vineux, ses adipositès de dieu païen, son œil sanguin et jaune... La fourche à fumier à la main, planté sur son tas de déchets puants, il était le Neptune des mers à boire. Le fils, qui lui ressemblait comme deux gouttes d'eau, était déjà aux enfers; victime de sa propre industrie. Le père tenait toujours le coup, majestueux d'inconscience et de malfaisance.

Ah! il fallait voir le remue-ménage autour de l'alambic, cette valse de bonbonnes et de litrons... Quelle fébrilité! Car il fallait feinter pour en obtenir davantage que son attribution sans se faire prendre... Les gendarmes n'étaient pas longs à accourir... On planquait de la gnôle chez les voisins, dans les carrioles, jusque sous les ronces... Une débauche d'imagination.

Avec la venue de l'alambic, c'était, invariablement, le cycle des drames qui s'annonçait : les enfants apeurés par les menaces et les hurlements du père fin soûl qui se cachaient, les meubles qui écopaient au passage, parfois la mère... Celle-ci faisait constater ses ecchymoses au médecin, allait se plaindre à la gendarmerie; les gendarmes montaient sermonner le père, le menaçaient. Mais le lendemain elle retirait sa plainte après s'être réconciliée avec le père qui, entretemps, lui avait fait un autre enfant...

Pourtant, en nos montagnes, l'alcoolisme n'est pas l'apanage du sexe fort, il s'en faut. Je suis bien placé pour en parler, ayant traité des cirrhoses et des déliriums tout ce qu'il y a de féminins. Souvent, l'issue en est plus tragique.

A la différence des hommes, même lorsque l'intoxication crève les yeux, les femmes s'obstinent à nier leur funeste penchant : une femme qui boit, par chez nous, c'est la dernière des dernières; pire que la vérole, pire que l'adultère. Les adeptes du rhum et de l'eau-de-vie sont réduites à se cacher pour boire, à dissimuler leurs bouteilles dans mille recoins. Une de mes clientes a même sa cave personnelle dans le tronc évidé d'un arbre mort; en gardant Biquette, elle fait discrètement le plein.

Quand par malheur l'homme et la femme se soûlent en chœur, la maison devient vite un taudis. Les enfants embarqués sur le bateau ivre survivent tant bien que mal. Quand les parents boivent, les enfants trinquent, dit-on. Je connais, hélas! des enfants qui ne se contentent pas de trinquer, mais qui lèvent le coude aussi haut que papa et maman. J'avais été sidéré par l'attitude d'une gamine de huit ou neuf ans qui lorgnait d'un œil gourmand le verre de marc qu'on m'avait servi de force; à un moment d'inattention de ma part, elle s'en empara et le vida d'un trait – sans la moindre grimace. Elle n'en était sûrement pas à son coup d'essai.

L'itinéraire de l'alambic sur le plateau, on peut le suivre à la trace, de village en village : il embrase la région d'une flambée de déliriums, de suicides et même de meurtres.

Là-haut, le suicide, c'est comme les oreillons : c'est contagieux, ça fait partie des épidémies. Pour la manière, c'est une question de tradition. Il y a des communes, c'est la corde; celle qui sert à mener les vaches au marché; elle fait juste la longueur. En général, une poutre du grenier fait l'affaire. C'est plus discret que l'arbre : si en temps normal on n'aime pas beaucoup que le voisin voie ce que vous faites, à plus forte raison lorsqu'il s'agit de se liquider.

Ailleurs, c'est la Taupicine qui est en vogue; facile à obtenir, succès assuré. Certains atténuent l'amertume du produit en le diluant dans un grand verre d'eau-de-vie.

Le vulgaire fusil de chasse n'a en revanche pas beaucoup d'adeptes.

Le village des Corneilles n'a pas été épargné par ces drames. Cette vieille bâtisse en contrebas me rappelle un vieux garçon qui avait trop aimé l'alambic. Cette semaine-là, il avait bu en solitaire ses neuf litres de gnôle, après quoi, il s'était barricadé. Un jour passa, deux jours passèrent, l'homme ne reparaissait pas. Les voisins, inquiets, s'alarmèrent, car, lorsqu'il n'était pas en beuverie, il était serviable avec tout le monde.

Finalement, après avoir tenté d'enfoncer la porte, un jeune était monté sur le toit et avait écarté les tuiles. Juste au-dessous, l'amateur d'eau-de-vie gisait sur le dos et le regardait fixement. Un gros trou noir à la place du cou. Ayant été requis pour le constat de décès, j'avais pu suivre, en compagnie d'un ami gendarme, le périple halluciné du malheureux; l'escalier de la cuisine par lequel il était monté au grenier était tout ensanglanté. Le grabat où il reposait était couvert de caillots sombres tout autour de la tête. Cette vision monstrueuse nous soulevait le cœur. L'Opinel avec lequel il s'était tranché la gorge grimaçait à ses côtés, la lame à demi repliée.

Sur cette terre rude et ingrate, j'ai été ainsi le témoin impuissant de drames horribles, comme cette famille dont le père avait, dans un accès de délirium, abattu tous les membres, l'un après l'autre, avant de se faire justice.

Ma mémoire, hélas! est riche de telles tragédies, toutes plus sordides les unes que les autres.

En février 56, ce fameux mois où le thermomètre descendit à moins trente sur les hauteurs, des paysans trouvèrent dans la neige le cadavre d'un homme mort de froid. La burle l'avait littéralement transformé en un bloc de pierre. Comme le médecin légiste ne pouvait tout de même officier à la hache, il avait demandé qu'on réchauffât le cadavre. Après quoi il était passé dans la pièce contiguë rédiger son rapport. Quand il revint près du feu, le macchabée était dans la cheminée. Paisiblement, le paysan le tournait à la broche... Cela, je le tiens de notre commandant de gendarmerie, qui n'est pas précisément hâbleur.

Il faut reconnaître à l'alcool une vertu : celle d'anesthésier. Mes poivrots se bagarrent, font de mauvaises chutes; on me les amène salement amochés. Eh bien, je suture les plaies, j'agrafe, je remets les épaules en place sans qu'ils poussent le moindre gémissement; pas un cri ne s'échappe de leur bouche.

L'alcoolisme est-il plus répandu en nos montagnes qu'ailleurs ? Je ne le crois pas. Comme la misère, il n'est le fait que de quelques paysans, les plus démunis d'entre eux, ceux dont l'existence se noie dans la sueur et le désespoir, dans l'isolement et l'ennui. Ceux-là, j'essaie de les raisonner, je les engueule... Je les excuse aussi, et ce d'autant plus volontiers que ce sont ceux qui ne connaissent rien de leur enfer qui les montrent du doigt et les offrent à l'opprobre des nantis.

La mort d'un village, c'est la mort d'un être familier auquel on ne rendra plus jamais visite. Aujourd'hui, ce qui reste des Corneilles me semble plus près du ciel, encore plus haut qu'avant, tombe qu'une main divine a parsemée de pissenlits. Combien en vois-je s'éteindre peu à peu de ces bourgs, de ces villages, de ces hameaux ? Rien ne me fera penser que cette fatalité se retournera jamais. Inexorablement, l'homme désertera ces montagnes, la nature reprendra ses droits. Peu à peu, les ornières se combleront, le chemin se fera sentier, le sentier disparaîtra sous les herbes vivaces. Un genêt, un autre genêt, une forêt de genêts l'envahiront. Les terres seront livrées aux corbeaux, aux lapins; les ronces, les fougères y croîtront comme ne croissait pas le blé. Plus tard, un sapin verra le jour, puis un autre; bientôt la forêt... Lentement, saison après saison, la végétation encerclera les maisons. Les derniers toits ploieront, la pluie pourrira les charpentes, les plafonds et les escaliers livrés aux intempéries s'écrouleront. Les volets et les portes résisteront longtemps encore, mais ce ne sera que rémission, la burle arrachera un gond, un autre, et finira par avoir raison d'eux. Pierre après pierre, les murs se désagrégeront, des bouquets de conifères pousseront parmi les ruines. Dans une génération, qui se souviendra des Corneilles ?

Les jambes molles, je retourne à ma voiture. Poinard restera chez Sauzet en attendant que sa femme vienne le remplacer auprès de la dépouille de son ami.

La route quitte les crêtes pour redescendre mollement, vallon après vallon, vers Arlerès. Avant de regagner Saint-Sébastien, je dois faire une halte à ce village pour une visite. Je traverse des bois de feuillus, chênes, fayards et noisetiers. Les sous-bois s'éclairent progressivement, les couleurs se réchauffent. Le décor commence à se fondre dans un doux vallonnement quadrillé de labours, piqué du rouge des tuiles romaines; déjà les champs de colza apparaissent.

Au loin, posé sur une légère éminence, voilà Arlerès dressé autour de son clocher. Le soleil du matin pénètre jusqu'au fond du vallon mais épargne encore les collines de châtaigniers. Maintenant, les fermes semblent plus ouvertes, plus pimpantes. La terre, grise sur les hauteurs, s'est faite plus blonde. Les labours gagnent sur les bois, prennent le dessus sur les taillis et les genêts. Les bêtes elles-mêmes paraissent repues, proprettes. Ici, l'homme ne s'est pas rendu à la nature, il n'a pas baissé les bras; elle est encore à sa merci, domptée. Certes, dans ce coin, cela n'a jamais été l'opulence, mais ce n'est plus la misère noire.

Car il ne faudrait pas s'imaginer que notre haut Vivarais n'abrite que des tanières misérables; il y a par ici bien des paysans qui vivent décemment, des commerçants qui retirent de leur travail de quoi subsister aisément. Mais si je parle des pauvres, si je m'indigne du sort des malheureux, c'est que leur détresse m'obsède depuis que je l'ai approchée, c'est que j'ai conçu à leur endroit une immense pitié, une immense tendresse. Cette détresse, je veux qu'on ne l'ignore pas, je veux qu'on sache qu'elle existe et qu'il n'est pas si doux qu'on le pourrait penser de vivre dans notre pays, quelle qu'en soit la beauté, quel qu'en soit le charme.

En pénétrant dans le village, la tristesse qui m'avait envahi tout à l'heure aux Corneilles s'estompe. Arlerès, je m'y sens à mon aise, un peu comme chez moi. C'est ici mon fief médical. Dans ce modeste bourg, les gens sont aimables, leur abord franc et amical. Suprême courtoisie, mes patients, sauf exception, n'y sont pas atteints de maladies trop sérieuses, comme pour m'être agréables.

L'unique rue s'incurve sur la gauche avant d'atteindre la place en cul-de-sac, un espace en terre battue barré au fond par le monument aux morts et que bordent de modestes maisons basses, sans cachet, inélégantes, auxquelles le beau granit du pays dont elles sont bâties confère cependant un charme un peu austère que vient rompre, ici et là, l'éclat triomphant d'un badigeon criard. Quelques devantures portent encore, sous la peinture craquelée, l'enseigne défraîchie d'anciens commerces maintenant disparus. Les gens de nos montagnes sont progressivement descendus faire leur marché à la ville, et le petit commerce a fini par mourir. Les vieux ont fermé leurs boutiques et baissé les rideaux derrière lesquels ils ont en silence crevé de faim avec une retraite de misère. Dans ce village qui s'ordonne autour d'une antique tour ronde, vestige d'un passé florissant, qui eut même, cela ne fait pas deux siècles, son notaire, il ne reste plus aujourd'hui, pour tout commerce, qu'un bazar-épicerie, un café-transporteur et un restaurant-tabac.

Les gens d'Arlerès, qu'ils soient du bourg même ou des alentours, n'ont pas davantage ici fait fortune. La terre donne ce qu'elle peut. Ils se sont essayés à planter cerisiers et pêchers, qui font la richesse de terres plus basses, mais ces arbres fruitiers ne se sont pas adaptés au climat; il fait trop froid. En revanche, les pommiers se plaisent bien ici, mais ils rapportent moins.

Les terres cultivables sont morcelées et fortement pentues, si bien que les champs sont plus souvent travaillés à la faux qu'au tracteur et qu'on dit du pays que, pour aboyer, les chiens doivent s'appuyer contre un arbre...

A l'écart des grandes routes, Arlerès n'a pas les faveurs du tourisme, peu de promeneurs y accèdent. Mais, si par hasard l'un d'eux vient s'égarer en ce vallon, dans ces bois de châtaigniers, c'en est fait de lui, il tombe irrémédiablement amoureux de ce coin du haut Vivarais, de ce bout de terre épargné par l'agitation, où l'on peut vivre sans heurts, en harmonie avec le rythme des saisons.

C'est ainsi que par un bel après-midi de printemps un Parisien fit halte sur les collines d'Arlerès, tout près d'une ferme abandonnée. Quelques rapides tractations, et la masure fut sienne. Il n'est plus jamais reparti; il est là pour l'éternité, au cimetière d'Arlerès. Cet homme était un éminent botaniste. Peu après son installation, un mal incurable l'avait frappé. J'étais son médecin, son faire-valoir et, probablement, son ami.

Avant que la maladie ne le frappe trop durement, il mettait sa chéchia, s'enroulait dans une robe de chambre rouge et m'entraînait dans son jardin sauvage. Il me présentait à ses fleurs. Les relations qu'il entretenait avec elles m'étonnaient; en effet, logiquement le savant botaniste n'aurait dû les appréhender que comme représentatives d'espèces, de sous-espèces et de je ne sais quelles autres classifications, du moins est-ce ainsi que je l'entendais. Au contraire, il les considérait avec respect, il les aimait pour elles-mêmes; un œillet était un *œillet*; il les respectait d'autant qu'il leur attribuait une forme de pensée élémentaire. Il m'avait appris à la loupe à voir la beauté des choses cachées; il me faisait admirer les pores de millepertuis, le velours des feuilles pubescentes... A mes yeux, il incarnait la Connaissance, il était l'Intelligence, le Grand Eveilleur. Souvent, ses pensées étaient si hautes que je ne pouvais le rejoindre, le dialogue tournait au monologue. Il m'entretenait de la vie, de la mort, me confiait son sentiment de l'au-delà; nous échangions nos idées sur le théâtre, sur les arts... Je me souviens qu'il détestait Botticelli et de l'avoir traité de blasphémateur.

Son état empira, le confinant au lit. Je lui avais proposé de prendre l'avis d'un spécialiste, il m'avait répondu : « Quand le bateau coule, on ne change pas de capitaine. » Je ne pouvais plus rien pour lui et il le savait. S'il m'appelait, c'était pour adoucir sa solitude. Il est mort sans bruit, dignement, cela ne fait pas un an.

J'ai un autre ami cher au village d'Arlerès, en la personne de son curé. Cet homme, c'est la bonté même. Le sourire large, l'œil pétillant, il est ce qu'il est d'usage d'appeler un bon vivant. Solide à table, il sait aussi se tenir comme un grand au bistrot. A l'heure qu'il est, je mettrais ma main à couper qu'un verre de pastis l'y retient pour l'apéritif. Je l'y vois, la soutane maculée de cendres largement ouverte sur sa poitrine velue... Il est à son affaire.

Le gentil curé d'Arlerès remplit la double fonction de conducteur des âmes et de secrétaire de mairie. Homme à tout faire de la commune qui use de sa personne et en abuse, il en est quelque chose comme le super-maire, à la fois le plus faible des hommes et le plus fort d'entre eux. Il est celui qui *sait*, celui que l'on consulte toujours avant de prendre une décision importante. Il est aux champs ce que la voyante extra-lucide est à la ville. Comme si le brave homme n'était pas assez occupé, c'est lui qu'on charge de faire le commissionnaire entre Arlerès et Saint-Sébastien, mission qu'il exécute au volant de sa 2 CV qui ne semble rouler que par l'opération du Saint-Esprit; c'est lui qui descend au village se faire délivrer les ordonnances que le vétérinaire ou moi-même avons la légèreté de semer à notre passage.

Moi-même, je suis du nombre de ses tyrans familiers, puisque je l'emploie à la fois en tant qu'aide-infirmier affecté aux vaccinations, dont il est le grand organisateur, et, comme je l'ai mentionné, à titre de héraut chargé de la publicité de ces importantes manifestations. Je me demande à quel moment de la journée le saint homme peut encore trouver le temps de s'entretenir avec le Seigneur... Malgré cela, lorsque l'évêque a voulu lui confier de plus grandes responsabilités dans une localité des plus attrayantes, je sais de bonne source que celui-ci s'est vu envoyer au diable par l'incorrigible pasteur...

Il m'arrive pour le taquiner d'aborder avec lui le sujet tabou de son éventuel départ pour d'autres cieux. Il démarre au quart de tour. Les poings sur les hanches, il me foudroie du regard et s'exclame :

« Dites, docteur, je sais bien que je ne baptise plus, mais mes vieux, hein, mes vieux ?... Qu'est-ce qu'ils deviendraient sans moi ?... Parce que si je ne baptise plus, docteur, j'enterre, croyez-moi, j'enterre !... »

Au pays de la burle, on ne plaisante pas avec la religion. Même si l'on envoie ses enfants à la « laïque », qu'on vote ou non du « mauvais côté », chacun fait ses Pâques; chacun, y compris les plus farouches « bouffeurs de curés », tient à se blanchir avant le Grand Départ.

Forcément, il est fatal qu'avec le prêtre nos chemins se croisent. Nous prenons ensemble les sentiers de burle, ensemble nous voyons le jour se lever lorsque la nuit nous a retenus au chevet d'un agonisant. Ces nuits interminables, pendant lesquelles nous échangeons les nouvelles du pays, nous nous adonnons à de consciencieuses considérations météorologiques. Dans les cuisines glacées, recrus de fatigue, abrutis de sommeil, nous nous abreuvons l'un et l'autre d'infâmes cafés réchauffés, nous nous confortons de petits verres de liqueur maison sirupeuse. Lorsqu'il nous arrive de pénétrer ensemble dans la maison du mourant, le curé d'Arlerès ne manque jamais de me proposer :

« Docteur, vous êtes pressé... Montez donc le premier ! »

C'est un réflexe; dans sa tête, le médecin est toujours pressé, même à deux heures du matin. Et puis la confession lui paraît peut-être moins urgente qu'une bonne intraveineuse bien terrestre...

« Merci, monsieur le curé, je n'en ai pas pour

longtemps... En attendant, priez pour mon âme de mécréant ! »

Pour le saint homme, bien souvent, c'est l'attente qui commence, car, même si la situation est désespérée, je suis tenu à faire des simulacres, à m'affairer vainement auprès du malade. Je me livre à cette comédie par égard pour la famille, mais aussi parce qu'au fond de moi l'espoir n'est jamais tout à fait éteint.

Pendant ce temps, solitaire, le prêtre attend son tour; accoudé à la table, sans le moindre soupçon d'impatience. Dame, même si les autres abusent parfois de lui, il est là pour les servir !

Lorsque je réapparais, il se dresse et me fixe en fronçant les sourcils. S'il perçoit sur mon visage un léger plissement de la bouche, il comprend. C'est à lui de jouer. Pour le pire.

« Il y a quelqu'un pour vous raccompagner, monsieur le curé ?

– Oui, merci, rentrez bien. »

Et l'homme de Dieu gravit lentement les marches, comme pour retarder l'échéance.

Dans ces villages déshérités, les prêtres sont des gens simples et dévoués. Souvent, ils sont originaires de la région. A mes yeux, la plupart sont de véritables saints, l'alcoolisme de quelques-uns ne les rend que plus pathétiques, plus humains. Dans le nord du Vivarais, le curé est le maître incontesté des esprits. Au sud, sur l'autre rive du Doux, il partage son influence avec le pasteur. Cette rivière qui divise symboliquement les âmes entre catholiques et protestants est aussi une frontière culinaire : Ardèche au beurre au nord, Ardèche à l'huile au sud.

A la manière de certains mets dont la préparation requiert le mélange des deux ingrédients, ces ecclésiastiques cohabitent sans problèmes et ne nourrissent guère le désir d'embraser le pays de nouvelles guerres de Religion. L'époque des « fous de Dieu » semble si révolue que la tolérance religieuse frise l'indifférence...

Il y a cinquante ans, le climat était cependant loin d'être aussi serein. Un de mes prédécesseurs avait eu la malchance de naître huguenot et cette tare lui avait fermé bien des portes, à commencer par celles des communautés religieuses. En ce qui me concerne, j'aurais mauvaise grâce à me plaindre, puisque j'ai l'insigne privilège d'être à la fois le médecin des Pères, des Mères, des Frères et des Sœurs...

Bien qu'un nombre appréciable de logis d'Arlerès et des alentours me soient effectivement ouverts, que j'aie mes entrées dans beaucoup de foyers du canton, je n'aurais cependant pas l'outrecuidance d'avancer que chacun m'ait, jusqu'ici, fait les honneurs de sa maison. Dieu merci, la maladie épargne quelques portes, et il convient, en outre, de ne pas empiéter sur les prérogatives d'autres professions, comme celle, voyageuse entre toutes, de facteur.

Sans céder davantage à la tentation de réduire les individus à leurs penchants les plus tapageusement manifestes, il me semble pourtant clair que la vocation postière du facteur d'Arlerès a trouvé dans l'accueil alcoolisé qui lui est généralement réservé tout au long de sa laborieuse tournée son déterminant premier. Quoi qu'il en soit, je n'ai à ce jour jamais pu entendre le préposé aux postes m'exprimer de vive voix les raisons intimes qui lui ont fait embrasser sa carrière, car, lorsque par malheur je suis contraint de charger notre homme dans ma voiture, sa conversation fortement avinée me laisse sur ma faim, se réduisant à un simple bonjour grognon et, quand il est au plus social de sa forme, c'est-à-dire au tout début de sa tournée quotidienne, tôt le matin, à une appréciation sur le temps, qu'il considère, non sans mystère, comme invariablement « martiau »... En revanche, si je l'embarque le soir, à la fin de son périple, il n'émet plus alors que de confus borborygmes rythmés d'éructations éloquentes.

En visite dans son secteur, je le repère de loin à sa silhouette lourdaude arpentant les collines, à sa démarche atypique, puis, m'approchant du bonhomme, à la grosse sacoche de cuir qui lui bat le flanc. Il abat chaque jour à pied ses vingt-cinq kilomètres, aussi apprécie-t-il sans sourciller les aléas brutaux de ma conduite automobile, autant que je me blâme d'avoir accueilli ce passager encombrant. Ayant pénétré dans la voiture, il ramène d'un geste large sa sacoche de son dos vers le ventre et s'affale sur le siège du passager qui gémit de douleur.

Au reste, je ne comprends pas pourquoi l'alcoolisme de nos facteurs n'est pas reconnu comme une maladie professionnelle, au même titre que le saturnisme et la silicose, car il eût fallu être doté d'une âme de héros pour refuser le canon bien frais que l'on vous verse d'autorité alors que les chemins raides et poussiéreux vous ont desséché le gosier. Assurément, notre facteur a soigneusement échappé à un tel héroïsme, mais, hélas ! comme toute chose se paie en ce bas monde, à la longue son foie a pris des proportions considérables, tandis que dans le même temps son cerveau se recroquevillait inexorablement en une peau de chagrin, phénomène qui réduisit au plus juste les facultés mentales de l'ivrogne tout en exacerbant ses penchants belliqueux...

Bon gré mal gré, l'entourage du facteur est bien

obligé de supporter les crises fracassantes que l'énergumène se plaît à déployer quotidiennement sous son toit à la fin de la journée. Lorsqu'il menace de tout casser, les siens ont d'abord recours au concours musclé de M. le curé, personnage que le préposé redoute, en outre, tout autant que le diable, mais, le sermon renversant du pasteur s'avérant parfois insuffisant, l'urgence d'une bonne piqûre se fait alors sentir.

Ainsi, quand on me téléphone pour le facteur d'Arlerès, nul besoin de me faire un dessin. Je gueule un bon coup, prévois le matériel adéquat et je file. Ah! bougre de facteur! Tu m'en fais voir!

Un soir, sa famille au grand complet m'intercepte dans la cuisine. Notre ivrogne est là-haut dans la chambre et personne ne le peut approcher. Ne faisant ni une ni deux, je grimpe dans l'obscurité à pas feutrés en mission de reconnaissance, après avoir convaincu le gendre de m'accompagner pour me prêter main-forte. Avec des ruses de commando, nous parvenons à l'étage, quand soudain une porte s'ouvre brutalement au fond du couloir.

« Attention! » hurle le gendre.

Instantanément, je prends la position du tireur couché, juste à temps pour éviter un projectile qui siffle au-dessus de ma tête et va exploser derrière nous contre le mur. Toujours allongé, je demande à mon compagnon :

« C'était quoi?

– Son vase de nuit », me répond-il en se relevant.

Ouf! j'ai eu chaud... Satisfait de son exploit, le facteur s'est remis au lit, et, la culotte baissée, il me propose spontanément son fessier qu'il me désigne en se marrant :

« Pica-me le tchiou ! »

Quelque temps plus tard, nouvel appel pour le préposé d'Arlerès. Cette fois-ci, il n'est pas dans sa chambre, mais à la cuisine, étendu sur le dos. M. le curé, très digne dans son habit de clergyman, le plaque aux épaules d'une prise de catch des plus orthodoxes, un verre de pastis à portée de la main sur le carrelage, tandis que le petit-fils du facteur, assis sur les genoux de son père, feuillette, imperturbable, un illustré.

VI

Lorsque le glas se met en branle dans le canton, le battant de la cloche me martèle le cœur, à coups sourds, interminablement répétés, et son bourdonnement lugubre résonne en moi comme il interpellerait le responsable du drame qui vient de trouver là son dénouement, comme il semoncerait le traître qui aurait failli à sa tâche insensée, celle d'abolir l'inévitable. J'ai beau me raisonner, tenter de me convaincre que la mort est par trop hautaine pour condescendre à ne s'intéresser qu'à mes humbles patients, rien ne me peut alléger la pénible sensation que le bourdon funèbre fait naître en moi, car, à force de la côtoyer, de me frotter à elle dans l'ultime tremblement de main du vieillard, dans le regard étonné de l'enfant qui s'en va, dans le reproche muet que je crois y lire, où qu'elle frappe, la mort me porte un nouveau coup.

Aussi ne suis-je guère fanatique des enterrements, ne me joignant à ces tristes cortèges que lorsque je ne puis y échapper.

En revanche, quand je me rends au cimetière d'Arlerès, toujours seul, c'est pour le plaisir.

La première fois que j'en ai poussé le portillon, un portillon rouillé qui semble pleurer quand on l'ouvre, fauchant les herbes folles, le lieu m'est apparu si humain, si peu austère, que l'idée de reposer un jour en cette terre est montée en moi, sans émotion tapageuse, comme un bonheur tout simple. Depuis, j'y suis souvent retourné et chaque fois la même sensation s'est renouvelée avec la tranquillité de l'évidence.

C'est un petit cimetière campagnard sans prétention, humble et sage, où se mêlent en un faux désordre, montant une garde patiente, croix de pierre et croix de fer, où les sépultures anciennes disparaissent sous la fraîcheur de la mousse et s'effacent peu à peu, recouvertes par l'herbe triomphante. Quelques croix miment d'insolites Amours, se penchant l'une vers l'autre et se rejoignant en des noces étranges, en de muettes cérémonies où je me plais à voir, selon l'inspiration du moment, les retrouvailles éternelles d'époux que la mort sépara, ou la réconciliation de défunts, jadis ennemis irréductibles ici-bas... Autant de pieds de nez de l'au-delà, autant de clins d'œil amicaux aux vivants venus leur signifier l'inanité de toutes choses, venus me rappeler la belle phrase de Thérèse d'Avila : « La vie n'est qu'une nuit à passer dans une mauvaise auberge. »

Au pied des stèles, çà et là, un crucifix de perles tressées dont le fil de fer rouillé a taché la dalle, un bouquet de chrysanthèmes dans un vase de plastique argenté, un cœur émaillé qui brille encore... Ces tombes-là n'ont plus personne pour les entretenir, les familles se sont éteintes.

Quelques sépultures très simples, un parterre de gravillons qu'entoure une grille de ferraille, pareilles à des berceaux...

D'autres bien léchées, proprettes et fleuries de

frais, témoignent l'affection d'une veuve attentionnée, le souvenir de parents fidèles.

Parfois, en médaillon sur la pierre tombale, la photo du disparu, souriant et jeune sous le sépia du papier; parfois, juste un nom et une date. Des dates bien souvent rapprochées. On meurt bien jeune à Arlerès. « A notre cher petit. » Le temps de naître et de mourir.

Seule fausse note dans ce décor harmonieux, un imposant monument funéraire qui se dresse dans un angle, solitaire et incongru, coiffé d'une chapelle étincelante de marbre.

Me promenant ainsi parmi les tombes, mon pied bute parfois contre quelque ossement blanchi ayant faussé compagnie aux autres pour s'adonner à une éternité buissonnière, car les fosses ne sont guère profondes sous le parterre de granit râpé de ce cimetière. Les morts m'y semblent si proches de la nature, en une telle symbiose avec elle, que, de toute évidence, les corps n'y sont qu'en transit, appelés à se fondre à nouveau dans la terre maternelle où ils ont vécu, dans cette terre exigeante qui leur fut si chiche en bienfaits et si prodigue en peines. La futilité des artifices de béton n'échappe pas à la rude sagesse des gens du pays, n'ignorant pas qu'il est illusoire de s'opposer à l'inéluctable anéantissement par quelque vaine industrie.

Mais, une fois le portillon repoussé, tournant le dos à la paix, je replonge dans la nuit, je réintègre la « mauvaise auberge » de Thérèse, toute peuplée qu'elle est de souffrances et de malheurs.

Rien n'est plus injuste que la mort d'un enfant. Rien n'est plus insoutenable. Pourtant, jour après jour, cette injustice, il me faut la subir, il me faut endurer le jugement des familles, accepter leurs accusations muettes, soutenir un tragique face-àface avec un sort qui n'a pas fait le moindre geste pour se montrer favorable. Mille tourments m'accablent alors. Ai-je réellement fait tout ce qui était en mon pouvoir ? Me suis-je battu comme il eût fallu ? Saleté de métier, pauvre science incapable de secourir ceux-là même qui eussent dû être épargnés.

L'agonie d'un enfant est un moment terrible. La mort vient se loger dans les yeux excavés et apeurés du gosse qui s'en va, elle s'empare de son visage brûlé de fièvre, ce visage crasseux et morveux si lumineusement beau qu'il vous déchire le cœur, vous faisant couler des larmes maladroites.

Les parents se terrent dans la cuisine pour cacher leur détresse aux visiteurs. Assis face à face sans se regarder, le père et la mère pleurent. Devant ces gens qui ne me demandent plus rien, j'ai appris à me taire. Je passe, simplement, en posant la main sur l'épaule de l'homme, sans même oser croiser le regard de la femme. Je laisse le certificat sur un coin de table, et je me sauve comme un coupable, comme le complice d'une science qui n'a pas su.

Un médecin vit en permanence avec la mort. La mort des autres, la sienne en filigrane. Mais, à la différence de ceux qui exercent en milieu hospitalier, espace impersonnel et sans âme où la mort perd de sa substance pour n'être plus perçue que comme un événement purement biologique et routinier, elle prend une valeur autrement tragique pour celui qui, depuis des années, vit l'évolution du mal dans la famille où il s'est établi à demeure. Jour après jour, la mort gagne du terrain dans la maison du moribond, lui imprimant une marque presque palpable — un laisser-aller grandissant pour les soins ménagers, la disparition d'un éclat fugace qui éclairait encore le regard de la compagne quelques jours auparavant, un je-ne-sais-quoi qui assombrit l'atmosphère de la demeure. Même s'il constate quelque amélioration passagère dans l'état de son malade, le médecin n'en est pas pour autant abusé. Ayant appris à sentir la présence de la mort, il la sait installée, elle ne lâchera pas prise. La maison, l'entourage du condamné, tout en est imprégné, elle envahit la scène entière bien avant que le mourant n'ait exhalé son dernier soupir.

Le décès d'un patient, prévisible ou foudroyant, le médecin le reçoit comme une défaite, comme un nouvel échec; il a encore perdu la partie. Je n'ai pas su. Je n'ai pas fait ce qu'il fallait. Notre science est dérisoire. Mais notre vie à nous continue, rongée de cadavres, avec le fol espoir qu'il n'y aura peut-être pas de prochaine fois.

Cependant, à la campagne, dans nos montagnes, lorsqu'elle est le terme d'une longue route, quand elle survient calmement en épargnant au vieillard les tortures d'une douloureuse maladie, la mort est par chez nous beaucoup plus sereine qu'elle ne l'est dans les villes. Elle est mieux acceptée, car la terre même où l'on reposera est sous les yeux de chacun. L'univers est étroit. L'univers ? c'est le verger où, saison après saison, des arbres naissent et meurent, c'est le champ de blé qui se fera jachère, c'est le village qui a fait son temps et d'où jaillira la forêt. L'homme vit là en symbiose avec la nature; ce cycle de vies et de morts, c'est aussi le sien. Comme ce qui l'entoure, plantes, bêtes et pierre, il naît, vit, meurt et se transforme. A l'opposé, en ville, l'homme se berce d'immortalité morbide : le citadin est jeune, ou s'épuise à le demeurer. La mort y est tabou, cachée, cynique. Chez nous, elle est acceptée, pudiquement, comme une fatalité, avec une sagesse végétale. Tout meurt et revit. Cette sérénité mélancolique et résignée, je l'ai lue sur les traits de bien des mourants qui m'offrirent, quittant ce monde sur la pointe des pieds, une précieuse leçon de vie.

Ces vieux qui partent en s'excusant presque pour le dérangement... Au tout dernier moment, ils esquissent un sourire à la ronde, un ultime sourire qui brille à leurs yeux clamant l'amour en silence, un sourire qui dit : « Ne soyez pas triste, c'est facile de mourir. » Ils attrapent une main au passage et la pressent doucement sous les couvertures, puis ils s'en vont, sans faire de bruit, dignement, simplement. A l'image de leur vie. Cela, c'est la fin des gens de qualité, de ceux qui ont traversé l'existence sans se plaindre, ayant donné plus souvent qu'à leur tour.

Je revois ainsi Seignovert assistant à la fin de sa vieille compagne. Il est là près du lit, impassible, discret pour ne pas me déranger. Sa main calleuse doucement presse, un peu tremblante, celle, transparente, de la vieille qui s'en va. Deux mains pleines de tendresse et d'adieu, deux mains qui semblent se dire : « T'inquiète pas..., tu m'attendras pas longtemps... » Il y a comme un frisson dans la moustache du mari qui plisse les yeux pour me cacher ses larmes.

Avant de mourir, l'adjoint au maire de Saint-Sébastien avait exprimé un dernier désir, celui de faire encore une fois le tour de son village en taxi, ce village qu'il aimait tant et pour lequel il avait tant œuvré. De retour chez lui, il m'avait fait appeler et m'avait déclaré avec une pointe de mélancolie :

« C'est vrai qu'il est beau, mon village... »

Et il était parti, sans complications. J'aurais

aimé que ces mots figurassent en épitaphe sur sa tombe, ces quelques mots tout simples, le plus émouvant des discours.

Ils sont nombreux à s'en aller ainsi noblement, avec une telle douceur, une telle sérénité. Entre les premières vociférations haineuses d'un nouveau-né qu'ils furent et ce dernier sourire mélancolique, entre la grimace initiale et ce visage que transfigure la paix, il y a tant de peines et tant de joies, tant de bonheurs et de désillusions..., toute la richesse d'une vie.

Mais les derniers instants d'un homme ne sont pas toujours aussi idylliques. J'admire les personnages qu'on voit mourir sur les écrans de cinéma. Je les envie. Leurs yeux se closent avec la grâce d'une fleur qui s'ouvre, leur tête s'incline, puis choit sur le côté, et tout est fini. C'est net, c'est propre, c'est presque beau.

Mes morts à moi n'ont pas tous la même chance, mes morts à moi ne sont pas tous si beaux à leurs derniers instants. Certains n'en finissent pas de partir. La respiration de l'agonisant n'est plus qu'un hoquet, une convulsion spasmodique, les muscles de son cou se crispent pour happer une larme de vie, une bouffée de vie pour une bouffée de mort... Sa tête part en arrière, ses yeux se ferment, ses yeux se rouvrent et me regardent fixement avec une angoisse indicible qui me fait frissonner. Il m'arrive de lire dans cet ultime regard l'ombre amère d'un reproche : « Dis, pourquoi m'as-tu laissé crever ? »

Sa bouche s'agite, elle gémit, elle s'entrouvre en quête d'un peu d'air. Sa poitrine se soulève par saccades brusques et pousse un râle humide. Son front scintille sous une rosée glacée tandis que ses mains tirent et repoussent sans cesse les couvertures en une lente reptation des avant-bras.

Autour du moribond, au-dessus de son lit, les mouches font une danse avide et frénétique. Si l'une d'elles vient alors se poser sur son visage et que nul tressaillement ne vient la chasser, je sais que j'ai perdu la partie. Le signe de la mouche, il ne figure pas dans les manuels. Les traits du moribond se figent alors brusquement en un masque étonné, surpris, la bouche ouverte et les yeux écarquillés.

Les jeunes, les tout jeunes partent sans comprendre et s'éteignent sèchement, comme une chandelle qu'on souffle, tandis que ceux de vingt ans font encore de l'héroïsme et crânent pour la galerie tout en mourant de peur. Les vieux, en revanche, ne crânent pas du tout. Ils passent la larme à l'œil et la trouille au ventre. Ils gémissent en s'accrochant à mon bras avec tout ce qui leur reste de force, leurs doigts maigris, desséchés m'agrippant comme des serres. Du fond de leur terreur, ils me soufflent d'une voix chevrotante, d'une voix pathétique :

« Docteur, je ne veux pas mourir ! »

Et moi je les rassure, et je leur mens, comme à des enfants, mais j'ai peur moi aussi, peur de leur ressembler le jour du Grand Départ, de rater, moi aussi, ma sortie.

Au demeurant, bien des agonisants prennent le parti d'accepter l'inéluctable échéance. Je pense qu'à la limite extrême du chemin, lorsque l'individu flotte dans une sorte de flou qui n'est déjà plus la vie mais qui n'est pas encore la mort, les perceptions et les sensations douloureuses s'estompent pour céder la place à un état d'indifférence, voire même d'euphorie. Certains, ayant été très loin, au plus près de l'abîme, reviennent à la vie presque déçus et me confient leur lassitude :

« Dire qu'il faudra tout recommencer... »

Mon métier me fait bien souvent approcher la mort, mais la mort me reste toujours aussi mystérieuse. Pourtant, lorsque j'assiste à l'agonie d'un homme, tout mon être est alors tendu vers le mourant. Lorsqu'il touche au point sublime de non-retour, c'est une étrange et vive sensation d'angoisse et de curiosité mêlées qui s'empare de moi. Je suis en quête d'un impossible message, je ressens le désir insensé de cueillir sur ses yeux une bribe d'au-delà, je brûle de franchir clandestinement à sa suite les Portes interdites. Je scrute, j'interroge, je tente de palper l'impalpable, et puis je réalise que je n'ai plus devant moi qu'une enveloppe vide.

J'avoue commettre le grave péché de ne pas m'intéresser aux dépouilles des êtres que j'ai soignés et suivis jusqu'au bout de leur voyage. Les cadavres n'attirent ni ma sympathie ni mon respect. Ils sont le symbole de mon échec. Je suis mauvais joueur, je n'aime pas perdre. De toute façon, ma place n'est plus auprès d'eux.

Dans la journée du décès, la toilette mortuaire donne lieu à un cérémonial bien réglé qui ne laisse pas la moindre place à l'improvisation. Les femmes ont la haute main sur le déroulement des opérations. Il importe en outre que celles-ci soient expérimentées, car il faut faire vite avant que le corps ne se rigidifie. En conséquence, ce sont des femmes âgées qui opèrent. Généralement des voisines viennent à la rescousse, et ce même si des différends d'origines diverses les tiennent à distance en temps ordinaire. Souvent on fait appel aux bonnes sœurs, qui possèdent tout à fait correctement la procédure.

Alors le ballet, dirigé par une ancienne, commence. Ces dames se mettent à voleter autour du cadavre comme des pies, se distribuent les tâches en s'activant du lit à l'armoire : en voilà une qui s'empare d'une paire de draps, les déplie, les examine à la lumière de la fenêtre; une autre qui retire du cintre le costume du dimanche, le tapote, le lisse de la paume sous une vague de senteur de naphtaline qui embaume la chambre, tandis qu'une de ses collègues choisit une chemise blanche, en vérifie le col, les manches, les boutons; elle sélectionne également une cravate — noire de préférence, une qui a déjà servi pour un enterrement...

Il reste à faire briller les chaussures vernies à l'aide d'une chaussette, et tout est alors prêt pour l'hallali : toutes à la fois, elles se jettent sur le gisant. Le pauvre cadavre est ballotté en tous sens; il virevolte dans les airs, maintenu en lévitation aux pieds et aux épaules par des mains agiles, le temps qu'une officiante remplace la couche par un drap propre.

Le voilà maintenant sur son séant, dodelinant du chef, pour la redoutable épreuve de la mise en place de la chemise et de la veste. Pour le pantalon et les chaussettes, cela va tout seul : les jambes en chandelle, et on enfile le tout. Une dame qui sait vivre complète la panoplie par un délicat fixe-chaussettes.

Le véritable problème ne se pose que pour les chaussures : le pied raidi renâcle à se glisser dans les « vernies » qui attendaient narquoisement cet instant dans leur armoire depuis des lustres. Il faut se mettre à deux : une habilleuse se saisit de la jambe à deux bras tandis qu'une autre tapote de la main la pointe du soulier récalcitrant, l'agrippe sous la semelle en forçant, et arrive finalement à ses fins.

Pour la cravate, on fait appel à un homme. Le malheureux tâtonne, mime sur lui l'opération, noue, dénoue, puis, à bout de forces, excédé, finit par abandonner. Après mûre réflexion, il s'agenouille derrière le mort et réussit un nœud impeccable. Avant de maintenir d'un mouchoir la mâchoire – dentier ou pas dentier ? – une brève discussion s'instaure... On le mettra, pour que le mort n'ait pas les joues creuses.

La toilette achevée, il ne reste plus que les finitions. Chapelet, buis bénit, verre d'eau bénite sont rassemblés en un tournemain. On ferme alors les volets, on dispose les chaises de part et d'autre du lit, une dernière touche à l'habillement. Dès que la veste croise bien sur la poitrine, que le crucifix est entre les mains jointes, tout est prêt pour le défilé. Tout est prêt pour la veillée.

Le siège commence. Les femmes, vêtues de noir, viennent former une haie d'honneur autour du lit en prenant position sur les chaises dans la pénombre. Sous leurs formes sombres, on distingue à peine la tache plus claire du visage et des mains. Les plus vieilles remuent un peu les lèvres pour marmonner une prière mécanique. Les litanies se mêlent en un murmure de ruche, morne, obsédant. Les chapelets, dizaines après dizaines, tournent lentement d'un pouce à l'autre. Un mouvement fugitif vient de temps en temps rompre la monotonie du geste pour l'esquisse d'un baiser à la croix du rosaire.

Les hommes, eux, restent debout au pied du lit. Jeunes et vieux. Immobiles. La casquette entre les poings croisés repose sur leur ventre. Les vieux respirent bruyamment. Parfois ils reniflent un bon coup et s'essuient le nez du dos de la main. La tête entre les épaules, le dos voûté, les jambes un peu fléchies, ils tiennent ainsi des heures durant, sans bouger. Des statues.

L'arrivée de M. le curé amène un peu de mouvement. Bruits de chaises. Le prêtre s'assied avec la famille et chuchote quelques mots à l'oreille de la veuve.

Un nouveau visiteur apparaît. Il s'approche du lit, y dépose un brin de buis, se retire prestement en arrière et se transforme aussitôt en santon, comme les autres.

Ces gens de la montagne semblent pouvoir rester debout, immobiles et silencieux, jusqu'à la fin des temps. Patience végétale.

Que peut-il bien se passer derrière ces visages impénétrables ? derrière ces visages fermés, absolument inexpressifs ? Tristesse ou indifférence ? Et les femmes, prient-elles vraiment ? Je ne sais pas. Je ne saurai probablement jamais. Ce n'est pourtant pas faute d'avoir essayé. Je reste un étranger.

Le matin de l'enterrement ayant fini par se lever, après une brève cérémonie au cimetière réunissant autour de la veuve les veilleurs, quelques hypothétiques parents accourus *in extremis* du lointain et les amis encore vivants du défunt, dans nos campagnes, la coutume veut que les porteurs soient sustentés et abreuvés par la famille du disparu en récompense de leurs peines. Aussi, une fois le cercueil enseveli sous les pelletées vigoureuses, une bonne partie du cortège se retrouve alors dans la maison du défunt, autour de la table de la cuisine pour une collation préparée à la hâte, mais on ne s'attarde guère. Au-dehors, la vie continue et, bien vite, la survivante retrouve une maison désertée, qui ne sera plus pour les gens du village que « la maison de la veuve ». L'âge de solitude s'annonce pour elle.

Si elle est encore alerte, elle fait semblant de s'inventer une nouvelle vie; elle déplace un meuble, dépoussière le poulailler, vend les lapins, elle renoue avec de vieux cousins, les invite pour l'été prochain... Sans trop y croire : l'essentiel, pour elle, est derrière. Dans le souvenir. Dans la fidélité à celui qui est parti. On ne « refait » pas sa vie dans nos montagnes.

On se maintient comme on peut pour la visite dominicale, après la messe, au cimetière. On s'économise pour accomplir sa tâche vitale, sa foi nouvelle, l'entretien de la tombe. Mais on se défait du superflu. On ne conserve que l'indispensable : une vache, quelques volailles. Le reste, on le vendra. Sans regrets.

Recluse dans le silence, cloîtrée dans un univers rétréci, la faiblesse gagne la veuve et la vieillesse apparaît avant l'heure. Bientôt, l'entretien du potager, les soins aux poules deviennent plus pénibles. Elle n'y parvient plus. Alors, elle tient comme cela un an, deux peut-être, puis se laisse convaincre par le médecin, par un voisin, que l'hospice, cela n'est pas aussi terrible.

Un beau jour, après avoir vendu sa maison, sa malle faite, la photo de son mariage soigneusement empaquetée, elle aura pris le chemin de Saint-Sébastien vers son destin de vieille.

Sur le perron de l'hospice, les bonnes sœurs l'accueillent de leur gentillesse, la réchauffent d'un sourire. Il y en a toujours une, originaire de son village, pour l'embrasser. Réconfortée, la vieille prend sa main pour gravir l'escalier.

Le départ d'une femme pour l'hospice est souvent bien moins douloureux que celui de l'homme resté seul. Ce qui la retenait encore, c'était sa maison, c'étaient ses meubles, un intérieur qui persistait à incarner, tapi dans les nœuds de l'armoire, accroché aux mailles d'un vieux tricot, le souvenir du mari. Des liens de pierre et de bois qui adoucissaient sa solitude et la peuplaient, desquels elle sera cependant un jour parvenue à se défaire, quand l'isolement et les peines lui seront devenus par trop insupportables. Elle ne se sera pas entêtée. La vie est ainsi faite.

Le vieux paysan, lui, ne quitte pas sa terre. Au mieux se résigne-t-il à transporter ailleurs son corps affaibli, son corps malade qui ne lui obéit plus. Mais son cœur reste là-haut. Tout ce qui est encore vivant en lui demeure accroché à ce sol qui l'a vu naître, à ces champs qu'il a nourris de sa sueur, à ces bêtes qu'il a soignées.

Certes, il en convenait, depuis quelque temps il avait de plus en plus de mal à marcher avec ses rhumatismes qui lui paralysaient à demi les genoux, et la cataracte lui empoisonnait l'existence. Bien sûr, il rencontrait des difficultés croissantes à s'approvisionner depuis que le boulanger ne montait plus au hameau, mais, diable, son neveu ne venait-il pas tous les mois lui apporter sa pitance ? Pour quelle raison faudrait-il donc partir ? Son père à lui avait-il jamais quitté sa terre ? Cela n'avait pas de sens. Il n'en démordrait pas.

Mais, à la longue, les autres, ceux qui ne savent pas, comme cet aveugle de médecin, avaient fini par lui arracher, de haute lutte, son consentement, prétextant il ne savait quelles malédictions soi-disant prêtes à lui échoir sur les épaules.

C'est là, pour nous médecins des écarts, un grave cas de conscience qui se pose à nous chaque fois que nous incitons un de ces vieillards affaiblis et presque impotents à descendre à l'hospice. Pour ma part, la même question douloureuse m'assaille toujours : Est-ce que je ne vais pas achever ce pauvre bougre? Ne vaut-il pas mieux qu'il finisse doucement ses jours là-haut, avec sa solitude, avec sa maladie? Ne vaut-il pas mieux qu'il s'éteigne dans son coin qui continue, jour après jour, de lui parler? mais le médecin en moi l'emporte alors sur l'homme, me contraignant au simple rôle de rafistoleur des corps, m'interdisant celui de prendre le même soin des âmes.

Le matin du départ du vieux, c'est un matin de tristesse et d'émotion.

Il s'est levé encore plus tôt qu'à l'ordinaire pour une dernière inspection de son coin de vie. Bien avant l'arrivée du taxi, dès l'aube, il s'en est allé, une fois encore et de son pas hésitant, par les sentiers alentour, ces sentiers que, tout jeune, il arpentait déjà, où il posait ses collets et d'où il ramenait de gros paniers d'osier gorgés de cèpes et de chanterelles... Sur son chemin, il revoit les pacages où il conduisait les chèvres et que les genêts ont maintenant envahis. Ses pas mal assurés le font trébucher contre les murettes qu'il a lui-même montées, les ayant arrachées au champ, pierre après pierre. Il revoit alors, une hotte de terre sur le dos, l'image du jeune homme qu'il fut, consolidant les terrasses qu'avant lui son père avait entretenues. Il se revoit adulte, fauchant son maigre lopin sous la touffeur de juillet.

Aujourd'hui, son étable est déserte. Il se souvient de l'achat de sa dernière vache – une affaire ! – et se voit la revendre...

Tout est silencieux autour de lui. La nature semble participer à son recueillement, attentive à son émotion, à sa tristesse. Il n'a même plus son chien à ses côtés. Mort, lui aussi. Il est enterré là, tout près de la remise.

Où que se pose son regard, le spectacle de sa faillite s'offre à ses yeux. Partout les ronces et partout les genêts. La nature a gagné, elle a fini par le chasser et l'a emporté sur lui, sur son père, sur ses ancêtres, qui patiemment, jour après jour, n'avaient pas été avares de leurs peines pour rendre cet endroit vivable. Lui, il est le dernier, le coupable, le traître. Ultime déception, il ne pourra même pas prendre avec lui son dernier compagnon, son fidèle fusil de la *Manufacture*. Les gens d'en bas n'ont pas voulu.

Le vieux pénètre dans la remise et s'approche des outils. Ils sont tous là, bien rangés dans un coin. Après les avoir examinés, l'un à la suite de l'autre, il choisit la faux et caresse doucement le manche de bois poli, d'un geste d'adieu plein de tendresse, un geste qui semble lui dire : « Dis, on en a vu tous les deux... »

Puis, ayant tourné la clef dans la serrure, ayant poussé la claire-voie, il se remplit une dernière fois les yeux de sa montagne, longuement, pour ne plus la revoir jamais.

Tout lui est désormais indifférent. Il se laisse conduire à l'hospice, absent, insensible à toutes choses. Car il sait ce qui l'y attend, cela n'a plus beaucoup d'importance. Là-bas, il retrouvera la méfiance de ses compagnons de décrépitude, les vieilles querelles toujours vivaces, et sa timidité qui le condamnera à la solitude. Car l'hospice, c'est rester seul, à traîner son ennui de banc en banc, à remâcher son passé, à ressasser des souvenirs que la vieillesse vient bientôt confondre dans sa nuit.

Souvent, il ne faut pas plus d'un an pour que son lit accueille un nouvel occupant.

Il est pénible de déraciner ces vieux pour les envoyer à l'hospice de Saint-Sébastien. Le consentement que je m'acharne à leur arracher m'est une bien pauvre victoire. Cependant, il est encore plus délicat de convaincre le malade dont l'état le nécessite d'aller se faire opérer à l'hôpital d'Annonay. Ces pauvres gens qui n'ont jamais quitté des yeux leurs quatre pouces de terre s'affolent et tergiversent :

« Docteur, attendez encore un jour... peut-être que demain ça ira mieux... Il faut vraiment qu'on m'opère, dites?... Ça pourrait pas faire avec d'autres médicaments?... »

La terreur qui les assiège alors est le fruit d'une vieille croyance solidement ancrée dans leurs esprits : lorsqu'on va à l'hôpital, c'est pour y mourir. On n'en remonte jamais qu'au-dedans d'une boîte cloutée. En outre, l'hôpital est un monde totalement étranger, un monde hostile, glacialement silencieux, où, derrière des murs de prison, des formes blanches vont et viennent, des ombres maléfiques s'affairant à quelque noir dessein. L'on y sert de cobaye, des milliers d'yeux vous épient, des myriades de mains vous palpent. L'antichambre feutrée de l'enfer.

Pourtant, lorsque c'est nécessaire, quand la

vie du patient en dépend, je dois me montrer inflexible.

Un jour, dans une ferme proche du village des Corneilles habitée par un couple de gentils vieillards, j'eus recours à un stratagème dont je ne suis pas spécialement fier mais que je reconnais avoir employé depuis à plusieurs reprises. L'homme, un pépé particulièrement têtu, était atteint d'une hernie étranglée. C'était indiscutable. Il fallait absolument l'opérer. A mes exhortations, à mes prières, à mes suppliques, celui-ci se contentait d'opposer un refus catégorique :

« J'irai pas à l'hôpital, vingt dieux!... J'aime mieux crever!... »

Hors de lui, le vieux me tenait ce discours en s'accrochant des deux mains aux barreaux du lit :

« Pour sûr..., vingt dieux! que je partirai pas d'ici!... »

J'essayai alors de me montrer le plus persuasif possible et lui noircis le tableau :

« Mais, pépé, vous allez mourir!... et c'est dur de mourir d'une hernie étranglée!... ça fait mal..., on dégueule des matières!... »

Le vieux s'enfonça sous les couvertures et se les ramena sur la tête :

« M'en fous! j'aime mieux crever! »

La vieille, au chevet du malade, était bien embêtée.

« Allons, lui dit-elle, sois raisonnable, écoute le docteur. »

Mais le vieux ne voulait rien savoir.

A court d'argument, je jetai alors un clin d'œil complice à sa compagne et pris une décision héroïque :

« Bon, si c'est comme ça, c'est pas la peine que

je revienne..., je vous signe tout de suite le certificat de décès du grand-père. »

Gravement, avec des gestes théâtraux, j'exhibai mon papier bleu et me mis à le rédiger soigneusement :

« Voyons..., il est dix heures... Bon, je vais marquer la mort vers neuf heures demain matin. »

Le pépé émergea de ses couvertures et finit par grogner :

« S'il faut vraiment y aller, y a qu'à y aller... Mais, vingt dieux, c'est bien pour vous faire plaisir ! »

A la campagne, on a sa fierté. Aussi, avant de partir pour l'hôpital, on fait un brin de toilette, on se rase de frais, on enfile ses plus beaux habits, tandis que l'épouse monte sur une chaise et s'empare de la valise de carton toute poussiéreuse qui séjournait au-dessus de l'armoire, pour y entasser à la hâte quelques serviettes propres, mais rugueuses, un morceau de savon de Marseille coupé dans le gros bloc qui traîne sur l'évier, une chemise claire, une cravate noire et une grande chemise de nuit, car, à la campagne, le pyjama est aussi rare que la brosse à dents.

Se voulant rassurante, la mémé dit gentiment à son mari :

« T'inquiète pas, va, on t'apportera ce qui te manque quand on viendra te voir... Parce qu'on pourra aller le voir, monsieur le docteur ? »

Après avoir vérifié que le nécessaire se trouve bien dans la valise, elle y case encore quelques gâteries, un paquet de biscuits secs, une blague à tabac bien bourrée...

Mon pépé a été opéré de sa hernie et s'en est

très bien sorti. Il est revenu de l'hôpital tout guilleret. Un an plus tard, il mourait cependant d'une hémorragie cérébrale.

Avant de partir pour l'hospice, la vieille avait vendu la ferme à une famille hollandaise qui avait dû payer le prix fort, ce qui me remet en mémoire le mot de Mme Farre, une de mes paysannes qui voulait vendre une véritable ruine à un prix réellement prohibitif :

« Il y a toujours un imbécile qui se lève le matin », me déclara-t-elle sentencieusement.

De la route, j'aperçois souvent la ferme du pépé, ou plutôt ce qu'il en reste. Effectivement, les Hollandais sont passés par là. Les murs de la bâtisse font apparaître des volets de bois verni, de belles pierres bien jointoyées encadrant des fenêtres à petits carreaux et couronnées de linteaux de récupération... Le toit est recouvert de fausses tuiles romaines, trop neuves, d'un rouge rutilant.

Au vu de l'extérieur, tout donne à penser que l'intérieur soit de la même farine. L'inévitable plafond à la française avec des poutres faussement taillées à la hache, la cheminée de pierre, comme il se doit, décorée de sa fausse plaque de foyer, les cuivres et les fers forgés, toujours et partout identiques, une brocante à l'usage du touriste dépourvu d'imagination, épris d'une rusticité de pacotille.

J'essaie d'imaginer mes paysannes lavant, l'un après l'autre, ces carreaux, grands comme la paume, au terme d'une journée passée aux champs et après la traite du soir, comme j'essaie d'imaginer mes paysans, un pinceau à la main et vernissant toutes ces portes et fenêtres, entre deux charrettes de foin...

Le sud de l'Ardèche est déjà bien contaminé et

il en sera bientôt de même pour le haut pays, qui vivra désormais à l'heure H, l'heure hollandaise. On a beau ne pas être davantage xénophobe que professer un patriotisme hors de saison, cela fait quand même un drôle d'effet de voir flotter un drapeau hollandais bien haut par-dessus les toits d'un hameau restauré... Un jour, ne désespérons pas, on pourra lire sur une façade, sur un panneau indicateur, s'étalant en lettres rouges : *Paysan, fous le camp!*

VII

Lorsque j'ai débarqué à Saint-Sébastien, en 1959, j'étais riche d'une femme, d'un enfant, d'une 4 CV en ruine, de la foi en mon métier et de trois derniers sous, juste assez pour payer la belle plaque rutilante que j'avais commandée à grands frais à la ville. C'était vraiment là mon dernier pécule, tant et si bien que, les premiers temps de mon installation au pays, nous campions littéralement dans la vieille demeure de mon prédécesseur — une ancienne gendarmerie qui avait dû, en son temps, avoir pour locataires d'infortune quelques voleurs de lapins, comme en témoignent les lourdes portes percées de judas du sous-sol. Force nous fut de nous accommoder du confort rudimentaire que la maison nous offrait : un évier pour salle d'eau, un poêle à sciure comme chauffage. C'est tout.

De toute évidence, le médecin à qui je succédais n'avait guère fait d'importants efforts de modernisation. Il était arrivé à Saint-Sébastien dans les années d'après-guerre – celle de 14 – et avait exercé là pendant quarante ans, jusqu'à sa mort. Auparavant, les derniers temps de son exercice, il avait assisté avec amertume à l'exode de sa clientèle vers un confrère plus jeune.

A l'image du paysan, le médecin de campagne de naguère s'installait une bonne fois pour toutes; il n'était pas question, comme aujourd'hui, d'aller tenter ailleurs une chance qui s'obstinait à ne pas sourire. Malgré cela, les médecins originaires du pays étaient bien rares : pour apprendre le métier, il fallait beaucoup d'argent; les paysans et les petits commerçants ne pouvaient que rarement offrir d'aussi longues études à leurs enfants.

Mon prédécesseur était lui aussi un déraciné. Il était arrivé pauvre au pays, il est mort pauvre, laissant les siens dans une gêne qu'ils cachaient à grand-peine.

La clientèle qui l'avait délaissé ne tarda guère à me rejoindre, et même à s'élargir bien vite. Je ne me berce cependant pas d'illusions, ce fut davantage la curiosité qui draina les gens vers mon cabinet plutôt qu'un engouement irrésistible pour un nouveau Messie – tout au moins à mes débuts. On venait voir l'étranger.

Quoi qu'il en fût, j'ai rapidement été submergé, d'autant plus facilement que mon inexpérience me faisait perdre un temps fou : ne connaissant ni le pays ni les malades, j'errais des heures durant à la recherche des fermes en rase campagne, je me noyais dans l'interrogatoire de mes patients à fouiller l'archéologie de leurs antécédents médicaux. Bref, je ne dormais pas, ou pratiquement. Je n'avais pas un instant de répit, pas un instant de loisir pour m'intéresser au monde qui m'entourait, tant et si bien que j'ai longtemps habité un village qui m'était parfaitement inconnu. Tout ce que j'en percevais, à travers les vitres de ma voiture, une rue en pente, jonchée de bistrots et parsemée de quelques commerces, une grande place, une église, c'était à peu près tout.

Et puis lentement j'ai fait sa connaissance, en glanant çà et là quelque instant de privauté. Lentement, j'ai appris à aimer mon village. Avec les yeux de l'amitié, il m'est devenu unique.

C'est ainsi que, progressant dans mon initiation aux secrets du lieu, il m'est apparu que le village s'ordonnait implacablement en deux secteurs nettement distincts, autour de deux pôles opposés. Au sud, l'église; au nord, la place des fêtes. Si la place de l'église constitue le centre géographique de l'agglomération, elle n'en est pourtant pas le cœur : celui-ci bat autour de la salle des fêtes, aux alentours de la place de Russie qui la contient et draine la vie communautaire. Cette bipolarité nord-sud se retrouve dans le contour des âmes. Gens du nord et gens du sud se ressemblent à Saint-Sébastien à peu près comme la nuit ressemble à la journée. Ceux du nord sont laïcs, bons vivants, gras à souhait, votent à gauche et présentent une propension très nette pour les joies du grégarisme : tout leur est prétexte à ripailles, à rencontres ludiques, à palabres sans fin. A l'opposé, ceux du sud sont bien-pensants, arborent des visages de carême, votent à droite et ne manifestent qu'un intérêt limité pour la convivialité. En somme, Saint-Sébastien apparaît comme une image de la France, fidèlement renversée.

Bien que la plupart des habitants soient de braves gens, le meilleur de mon amitié s'est orienté vers le septentrion. Elle est allée à des êtres simples, spontanés et bons vivants, qui m'ont accueilli parmi eux sans façon, des êtres qui se mettent en quatre pour moi, avec lesquels je partage quelques moments de bien-être et qui m'offrent, plus souvent qu'à leur tour, leur soutien généreux à des instants moins faciles.

Pierre, mon ami l'exploitant forestier, est de ceux-là, sinon le meilleur d'entre eux. Il occupe dans mon cœur une place privilégiée. Pierre est l'ami, le véritable ami. Ce géant, bâti à chaux et à sable, a la rudesse des pentes de Rochebonne, ces coteaux dénudés qui surplombent le village et dont l'ombre festonnée barre mon horizon quotidien. Malgré la burle qui balaie inlassablement Rochebonne, des fleurs sauvages et fières poussent sur les flancs du mont, aussi sauvages et aussi fières que celles qui éclosent sous l'écorce de Pierre, accrochées à son cœur. Toujours par les forêts, Pierre a l'odeur des arbres, tout son être exhale la résine des bois noirs, l'humidité de la lourde terre gorgée de plantes, et si la montagne voulait parler, je suis sûr que c'est avec la voix rocailleuse de Pierre, avec sa voix de granit qu'elle s'exprimerait. A lui seul, il est l'âme incarnée du haut Vivarais.

Cet homme n'hésite jamais à abandonner son travail pour m'accompagner lorsque je crains de me perdre et quand les congères menacent, tout comme il se métamorphose de bon gré en une nurse attentionnée si, par hasard, ma femme et moi sommes obligés de nous absenter le soir. Si l'épithète *aristocrate* n'était point tant galvaudée, nul comme Pierre ne la pourrait mériter. Avec Georges, l'entrepreneur de maçonnerie, j'ai en leurs personnes les plus fidèles des amis. Georges, c'est la joie de vivre personnifiée. Aussi étranger à la morosité qu'il se puisse être, tout lui est au contraire prétexte pour donner libre cours à un penchant fort marqué pour la jovialité, lequel s'accompagne, cela va sans dire, d'un goût très prononcé pour les festivités diverses, et plus particulièrement autour d'une bonne table croulant de victuailles. Sacré Georges! pour organiser de telles agapes, il est à son affaire!

Leur trop rare compagnie a le pouvoir bienfaisant de me faire oublier tant bien que mal la misère des montagnes environnantes. Car Saint-Sébastien, sans être des plus prospères, tranche sur les alentours. On n'y est pas vraiment pauvre.

C'est le chef-lieu d'un canton de six villages qui vit de ses marchés, des vergers où le cerisier et les pommiers prospèrent, tout autant que du fameux « picodon », ce fromage de chèvre qui fait la gloire de Saint-Sébastien et dont la renommée s'étend bien au-delà de nos montagnes. Le vendredi, jour du marché, les étalages de picodon distillent dans la grand-rue leur fumet caractéristique et l'été, outre les acheteurs locaux, il n'est pas rare que des vacanciers venus de basse Ardèche viennent se presser autour des petits étals recouverts de paille sur lesquels trônent les blanches rondeurs caprines. Ce jour-là, pour quelques heures seulement, Saint-Sébastien change de visage. De l'aube à l'après-midi, il troque son masque paisible et quelque peu nonchalant pour se livrer à la cohue fiévreuse du commerce.

Le centre des opérations gravite de part et d'autre de la place de la mairie et de la grand-rue qui la borde. Le terre-plein de l'hôtel de ville est traditionnellement réservé aux maquignons, là est leur royaume. Le fait est même institutionnalisé par une balustrade destinée à attacher les bêtes. Tout le long du jour, l'on peut y voir les hommes en blouse noire gonfler et dégonfler au rythme des affaires leurs portefeuilles ventrus en tapant dans la main du nouveau propriétaire de Millet, ou de l'heureux vendeur de cette carne de Mascaret... Troublés par ces échanges multiples et complexes, les bestiaux parqués en rang d'oignons manifestent sans relâche leur inquiétude en se soulageant copieusement. Les vaches bousent, les chèvres crottent, sous les yeux impassibles de la Marianne municipale qui semble en avoir vu d'autres...

Une fois l'affaire conclue, la tentation de couler agréablement la fin de la journée s'empare de bien des fortunés du jour. Il suffit de peu de chose, un soleil particulièrement accablant, la rencontre malencontreuse d'un compère sur la place, pour que les événements se précipitent, se soldant irrémédiablement par une consciencieuse visite des trente-deux bistrots que des génies dionysiaques ont prévus à cet effet en notre modeste bourgade. Trente-deux !... Je les ai comptés. Pour sûr, la plupart de ces antres sombres n'offrent qu'une ressemblance des plus lointaines avec les brasseries citadines : une ou deux tables tapies derrière une porte-fenêtre comblent généralement d'aise les amateurs de gros rouge que les émotions des tractations matinales ont affligés d'une soif océanique. En quelques heures, ce sont des torrents de vin qui dégringolent en cascades dans leurs gosiers vertigineux. Certains, moins solides que d'autres, se laissent peu à peu gagner par un vertige immobile qui rallonge progressivement leurs stations successives, jusqu'à la pause technique finale d'un sommeil bruyant. Le soir, allégé de quelques coupures superflues, le chemin sera long et improvisé d'étapes herbeuses avant de retrouver la facétieuse demeure.

Comme la plupart de ces cafés ne reçoivent de clients que les jours fastes de marché, c'est pour les tenanciers une activité qui n'assure pas la subsistance d'une famille. Un service public, en quelque sorte. En général, la maîtresse de maison remplit à la fois les fonctions de serveuse, de caissière et parfois celle d'infirmière bénévole alors que le mari vaque aux champs.

Les plus euphoriques des fêtards peuvent en leurs jours fastes s'offrir les services délicats d'une courtisane patentée. Eh oui, nous en avons une..., c'est à des petits détails comme ça que l'on reconnaît les véritables métropoles. Mais il ne faudrait pas penser que Madeleine — un prénom prédestiné — réserve ses faveurs aux seuls « étrangers »; elle en gratifie, avec le même empressement que d'aucuns déclarent fougueux, une quantité tout à fait honorable de villageois.

Comme Madeleine exerce son art au vu et au su de tout le monde, le canton entier la connaît — ce mot, je le précise, n'est pas à entendre dans son acception biblique, car même s'il est par chez nous un grand nombre de célibataires, une légion de veufs et autant de mal mariés, la plus cruelle des abstinences n'arrive pas toujours à vaincre la réticence bien compréhensible qui se peut éprouver lorsqu'on envisage le recours à ses services. Disons-le tout net, ivrogne, malodorante, crasseuse, Mado n'est pas une beauté.

Qu'importe! d'un marché à l'autre, sa cave personnelle s'enrichit de quelques fioles de vin bouché, le seul qu'elle daigne accepter en contrepartie de ses ardeurs, hors les espèces ordinaires, lesquelles sont toujours bien accueillies. Mais comme un bonheur ne vient jamais seul, parallèlement à son cellier, la famille de Madeleine s'agrandit bon an mal an d'un nouveau membre, ce qui la place aujourd'hui à la tête d'une nombreuse progéniture qu'elle ne doit que partiellement à un mari mort depuis longtemps. Si les fils ressemblent fortement à leur mère, la paternité des filles — de ravissantes blondes, yeux bleus, visages de madones flamandes — m'a échappé jusqu'au jour où j'ai interrogé à ce sujet la bonne sœur qui, en bonne chrétienne, s'était penchée sur le sort des orphelines, laquelle m'avait susurré très confidentiellement : « Peut-être que le papa est quelqu'un de haut placé au village... » Il est vrai qu'il ne m'eût pas été bien difficile de percer l'énigme, car, des yeux pareils, on ne peut pas dire que cela foisonne sur le plateau, contrée où le regard serait plutôt charbonneux...

Madeleine, outre les jours de marché, est vivement sollicitée à l'occasion des foires saisonnières, et ce, même si l'une des deux à subsister à Saint-Sébastien répond à la tendre appellation de « foire des amoureux » mais que les grincheux nomment plus volontiers « foire froide », puisqu'elle se tient en hiver. Bien sûr, au dire des anciens, les foires d'aujourd'hui ne valent pas les « fero » d'antan; par nos temps, on n'y rencontre plus beaucoup de jeunesse, tout juste quelques couples se tenant par la main et déambulant par les ruelles discrètes. Selon la tradition, le galant offre à sa promise des fruits en sucre, pommes ou poires, ornées de roses. Plus pudiques qu'à la ville, les tourtereaux se cachent pour se bécoter un brin.

La foire de printemps est consacrée à la vente du bétail, plus particulièrement à celle des cabris. Ces pauvres bêtes, entravées sur la place de la mairie, tremblent sur leurs pattes maigrichonnes en poussant des cris déchirants qui se répondent d'un bout a l'autre de la grand-rue et parviennent jusqu'à mon cabinet.

Je parle des foires, je parle des marchés, mais, en vérité, je suis fort mal placé pour le faire, car je n'en vois pas grand-chose : ces jours-là, ma salle d'attente ne désemplit guère : je suis cloué derrière mon bureau. A travers la fenêtre, entre l'épaule du malade et le porte-manteau, mon horizon, c'est un coin de route bordé de platanes. Dès l'aube, venue du lointain, s'y presse une troupe de paysans, à flots réguliers; en contre-jour je distingue une lente procession de silhouettes. Les hommes progressent à pas mesurés, la casquette ramenée sur le front, le buste penché en avant et les mains au fond des poches. Les femmes dessinent une ombre plus épaisse; chapeau de paille en été, de feutre l'hiver, elles ont des hanches élargies par deux paniers, semblables à des ailes. Les uns et les autres traînent derrière eux chèvres et veaux qui renâclent à avancer, comme s'ils pressentaient l'imminence du pire.

De temps à autre, mes auscultations sont couvertes par le vacarme assourdissant d'une voiture minable qui s'amène en pétaradant, hoquette tant et plus, laissant derrière elle un nuage bleuté. L'oreille en suspens, j'attends que ça se passe...

Sur le coup de dix heures, passé les premières vagues, le claquement joyeux de sabots sur le goudron, rythmé d'un tintement de grelot, m'annonce l'arrivée du père Piedfin faisant son entrée au village sur sa carriole à cheval. Toujours à l'heure, Piedfin, une horloge chantante...

Ce surnom imagé lui vient des beaux souliers vernis, effilés en pointe, qu'il arbore toujours pour venir au marché. Ils sont noirs, du même noir que son chapeau de feutre et son costume de velours. A ses côtés dans la carriole, Mme Piedfin, tout de noir vêtue pareillement. Quelle allure! un douanier Rousseau qui sortirait de sa toile... Du bout du fouet, l'élégant vieillard chatouille les flancs de sa fringante jument, l'encourageant d'un « Huuuho... » affectueux. Sur son passage, les bonnes gens se poussent du coude : « Tiens..., v'là le Piedfin qui va porter ses sous à la banque... »

En effet, comme pour justifier la solide réputation d'avarice qui le poursuit, on peut alors le voir pénétrer, avec des ruses de Sioux, dans l'agence locale de la Banque Bechetoile. Méfiant, il ne s'arrête jamais au guichet. Les méchantes langues soutiennent que c'est dans la petite pièce du fond, bien à l'abri des regards indiscrets, que le vieux va se délester de ses pièces d'or...

Le marché à proprement parler, je n'ai guère le loisir d'y aller faire mes emplettes, n'en ayant qu'un aperçu brumeux à travers les vitres de ma voiture lorsqu'une urgence malencontreuse m'arrache à mes consultations : à grands coups de klaxon, que je rehausse d'un chapelet de jurons, je tente de fendre la cohorte des hommes et des bestiaux. Habitués à mes incursions intempestives, les gens s'écartent volontiers et se ramassent contre les étalages. Vaille que vaille, je finis toujours par me dégager du labyrinthe, écrasant çà et là quelque sabot distrait, polissant de mon aile un flanc avantageux, et j'enfile la sortie du village sans omettre de lancer un regard envieux aux amis qui se prélassent à la terrasse du Café du Progrès. Pas une seule fois durant toutes ces années je n'ai pu m'y arrêter. Pourtant, le patron du « Progrès » n'est pas un inconnu pour moi, car il cumule les nobles fonctions de pourvoyeur en spiritueux divers avec celles, tout aussi nobles, de chauffeur de taxi – l'un des trois, à exercer à

Saint-Sébastien et à se disputer mes faveurs. Comme si ces deux occupations éminemment sociales ne suffisaient pas à lui conférer une confortable renommée, il s'acharne à mener une vie galante des plus effrénées.

Sa dernière aventure sentimentale fait encore rire tout le canton. Tout le monde, à l'exception de l'intéressé, connaît les infortunes conjugales du cafetier des Avants, un village proche de Saint-Sébastien. Pendant que son homme est aux champs, madame sert la clientèle, fort succincte, de l'estaminet. Depuis quelque temps, Durand, tel est le nom du taxi galant, passant par les Avants pour des raisons de service, ne manquait pas de s'attarder chez sa consœur cafetière, probablement pour avec elle se livrer à de savantes recherches destinées à mettre en évidence la supériorité gustative écrasante de la Kronenbourg locale comparée à celle du Café du Progrès... Si bien qu'un jour, tout récemment, le mari chassé du champ par une averse eut la mauvaise surprise de trouver son lit occupé par l'audacieux don Juan. Il n'apprécia pas du tout, et le fit savoir à sa dame en une apostrophe qui est encore sur toutes les lèvres : « N'as-tu pas honte, lui aurait-il dit, si seulement c'était quelqu'un du pays..., mais un étranger ! un étranger..., te rends-tu compte ? »

Entre les Avants et Saint-Sébastien, il n'y a en effet pas moins de trois kilomètres.

Lorsque je regagne mon cabinet, le marché tire à sa fin. On démonte le cirque. Le monde se disperse, une atmosphère de tristesse règne dans la rue qui se vide; la mer s'est retirée, laissant derrière elle cartons à chaussures, cageots, fruits dédaignés; un monceau de rognures en pâture à la burle.

Quelques-uns de mes clients ont trompé leur impatience en désertant ma salle d'attente pour guetter mon retour depuis ce qui en est en quelque sorte l'annexe, le café du « Planplan », juste en face de chez moi. Ils se sont assis sur le banc, devant la porte, en compagnie du tenancier et se chauffent au soleil.

Planplan, je l'aime bien, et Planplan me le rend. Cet homme marie l'affection pour les êtres avec le goût pour les plantes. Sur la murette de sa terrasse, un fouillis de fleurs jaillit de vases de nuit en faïence, de seaux hygiéniques émaillés. Son chef-d'œuvre, trente années de soins affectueux, une énorme épiphane. Ah! cette plante, comme je l'admirais lorsque Noël faisait éclore ses clochettes roses... J'ai tellement complimenté Planplan qu'un beau jour il me l'a donnée. Le cadeau le plus émouvant que j'aie jamais reçu de mes amis de Saint-Sébastien.

Lorsque mes clients voient surgir ma voiture, ils se lèvent en chœur et traversent la rue. Tout au moins ceux qui, entre-temps, ne se sont pas laissé happer par le gros monsieur rougeaud qui installe son stand à côté du café et m'oppose une concurrence des plus déloyales. Car le traître, il n'y a pas d'autres mots, vend une tisane qu'il proclame souveraine pour les rhumatismes, les maladies hépatiques, pour les reins, les poumons et même pour certaines carences touchant à la virilité... C'est à se demander ce qu'il peut bien me rester...

Bien que Saint-Sébastien ne soit pas un lieu de villégiature réputé, le village s'enorgueillit d'un hôtel. Comme il se doit, l'hôtel des Voyageurs fait face au Café du Progrès. Ce qui peut attirer des vacanciers à y passer un séjour demeure pour moi un ténébreux mystère; j'y vois le signe flagrant d'une perversion qui flirterait avec le masochisme. Cela étant, je n'ai pas à m'en plaindre : comme l'âge moyen de la clientèle oscille entre soixante-quinze et quatre-vingts ans, cela me fournit un surcroît de travail peu compliqué. Toujours des histoires de rhumatismes et de constipation.

Comme l'hôtel n'est pas davantage pourvu d'un quelconque jardinet que d'un semblant de salon, il ne reste aux touristes que le trottoir, fort étroit au demeurant, où jouir d'un bien-être précaire.

N'était le panonceau de l'entrée, la ressemblance de l'édifice avec un asile de vieillards ne laisse pas d'être troublante. Au village, nous l'appelons d'ailleurs familièrement *l'hospice*.

L'accueil, sans conteste, est à la hauteur de l'enchantement du cadre. L'hôtesse vous reçoit avec l'affabilité d'une porte de prison, une serpillière dégoulinante au bout des doigts en geste de bienvenue. Son mari, aussi gracieux qu'elle, sévit aux cuisines. Sa spécialité est le coq au vin. Bouleversant. Il utilise pour la sauce les fonds de verre de ses clients. Goutte à goutte. Le coq, pour être digne de son choix, se doit d'être infirme, sans ailes ni pattes. Au dernier banquet de la Sainte-Barbe, j'ai partagé, avec quarante autres convives, le privilège de me battre pour de chétives carcasses qu'une louche vineuse remontait des profondeurs ténébreuses de la marmite.

Qu'importe! l'hôtel des Voyageurs a ses fidèles, tous les goûts sont dans la nature, dit-on. A tout prendre, je préférerais cent fois aller me reposer à l'hospice de notre village : même si cette vaste habitation ne brille pas d'une grâce architecturale très élaborée, même si elle tient davantage du pensionnat religieux que du quatre-étoiles, au moins l'accueil y est-il aimable, souriant et affectueux.

C'est un édifice massif, édifié il y a un peu plus d'un siècle. A l'époque de sa construction, on n'était pas allé chercher midi à quatorze heures, on s'était servi pour le bâtir du matériau le moins coûteux et le plus abondant par chez nous, le bois. Par la suite, il a été maintes fois consolidé, rapetassé par couches successives, et aujourd'hui c'est le ciment qui domine. L'édifice communique avec l'extérieur par une série d'escaliers qui grimpent vers les salles, des escaliers qui ne sont ni tout à fait la rue, ni tout à fait l'hospice, un *no man's land* où se mêlent visiteurs et malades, pensionnaires et familles venues leur rendre visite. On n'en finit pas de se raccompagner. Les robes de chambre, les pyjamas et les chemises de nuit y frayent avec les blouses, les bleus de travail, les galoches et les sabots. Un forum. On y bavarde, adossé à la rampe de ferraille ou appuyé contre le mur, pour laisser un passage au milieu.

Les familles dont les vieux sont mal en point vont et viennent à pas de loup, silencieux, comme pour ne pas déranger le moribond. Celles des convalescents grimpent et dégringolent allègrement les étages, les bras chargés de fleurs et de victuailles, tandis que les enfants, dans leur merveilleuse inconscience, se moquent pas mal des états d'âme de leurs parents; ils se poursuivent, bousculent les vieux qui ronchonnent, dévalent les marches quatre à quatre, quand ils ne s'offrent pas une glissade sur la rampe...

Les escaliers de l'hospice sont parfois le théâtre de drames, comme celui qui éprouva cette très vieille dame, doyenne de l'établissement, aujourd'hui disparue. Elle était si petite, si rabougrie que son cabas cognait à chaque degré tout le long de son interminable ascension. Un jour, la chopine de vin qu'elle rapatriait clandestinement ne résista pas au choc; le précieux liquide se répandit en cascade sous l'œil navré de la vieille toute honteuse. Le spectacle qu'elle offrait était si pitoyable que, le soir, elle eut quand même droit à son litron que lui apportait une sœur compatissante... Cette mémé était d'ailleurs spécialisée dans les cascades. Presque chaque jour, au retour de la promenade, elle se plantait au beau milieu de la descente, et là, face à l'hôpital, en toute quiétude, elle pissait. Des fenêtres, les vieux, pauvres en distractions, guettaient l'événement et riaient un bon coup.

Au dernier étage, un immense grenier ferait les délices de l'antiquaire le plus blasé. La caverne d'Ali-Baba. Un incroyable amoncellement de chaises paillées, de tables, de tout un bric-à-brac de commodes, d'armoires, de nippes débordant de vastes malles... Les bonnes sœurs, quand elles prenaient le voile pour intégrer le couvent qui touche l'hôpital, apportaient avec elles leurs richesses. Après leur mort, leurs biens restaient dans ce dépotoir, livrés à l'oubli et à la poussière. Avec la bénédiction de la supérieure, il m'arrive d'aller fouiner parmi ces vieilles reliques, me laissant gagner par l'amertume. Car, du temps de leur usage, tous ces objets étaient déconsidérés, méprisés, sans valeur. Des hommes, des enfants furent leurs compagnons de misère. Aujourd'hui, la vente du plus modeste d'entre eux suffirait à nourrir bien du monde pendant longtemps. Quelle dérision!

A mes débuts, les salles communes existaient encore. Une dizaine de lits s'alignaient le long des murs de ces vastes pièces, au centre desquelles se trouvait la table où l'on prenait la soupe, et puis le poêle à bois, ramassé dans un coin. Les vieilles étaient silencieuses. En rang d'oignons sous leur couvre-lit blanc tout propre, le dos bien calé sur un oreiller carré, elles n'avaient plus rien à se dire. De temps à autre, les sœurs modifiaient l'agencement des lits parce que deux voisines se détestaient cordialement, mais cela ne changeait pas grand-chose à l'affaire et la haine des mémés renaissait bien vite.

Les salles des pépés étaient identiques, à cela près que les odeurs avaient leurs caractéristiques propres. Si chez les femmes régnait une forte senteur de transpiration et d'urine, chez les hommes, cela empestait le mégot froid. Malgré quelques isolés recroquevillés sur eux-mêmes, il y avait là un peu plus d'animation. Un groupe se tenait souvent autour du fourneau à fumailler quelque pipe, quelque cigarette artisanale. On fumait même au lit — en cachette des bonnes sœurs — une boîte de sardines en guise de cendrier. Et puis on discutait de la pluie et du beau temps, de politique; parfois une belote en réunissait quelques-uns autour de la table.

Les vieux ne se contentant qu'à grand-peine de leur ration quotidienne de vin, ils faisaient leurs provisions à l'épicerie du coin et planquaient leurs réserves pour ne pas s'attirer les foudres des religieuses. D'où mon attention, en m'asseyant près du lit, à ne pas faire tomber une bouteille coincée entre les ressorts... Sacrés vieux, ils manquaient d'imagination!

Il n'y a pas bien longtemps que les bonnes

sœurs de l'hospice ont troqué leur uniforme blanc – cotillon, bas et voiles – pour des vêtements civils. Peu à peu, elles se sont accoutumées à leur nouvelle apparence; certaines sont même assez coquettes, changeant de tenue fréquemment, si bien que mes vieux pataugent, ne sachant plus qui est qui...

Ces religieuses sont des saintes. Elles se dépensent sans compter, jour et nuit, avec le plus grand dévouement, faisant tout leur possible pour tenter de soulager un peu la détresse des uns et des autres, mais ce n'est pas facile. J'ai pour elles une immense estime.

M. le maire, en accord avec la municipalité et avec ses principes humanitaires, décréta un beau jour qu'il fallait moderniser l'hôpital. Aussi, pendant des mois, nous avons vécu au milieu d'un chantier, parmi les maçons, les menuisiers, les plâtriers, les gravats et les courants d'air. Les pauvres vieux étaient, au gré des travaux, trimbalés d'une aile à l'autre de l'hôpital. Le folklore en a pris un coup, mais reconnaissons que la crasse et le froid aussi. Ces travaux furent reconnus la grande affaire de la précédente municipalité, ayant mobilisé l'essentiel de son énergie et lui ayant assuré une confortable réélection.

Le bicentenaire de la Révolution française de 89 n'est plus qu'à quelques décennies. Eh bien, par je ne sais quel prodige, notre village du haut Vivarais s'obstine à perpétuer l'Ancien Régime. La Révolution, la Déclaration universelle, connais pas. Ici, les terres, le pouvoir local, tout appartient aux nobles, aux grands bourgeois et au clergé, qui n'ont, les uns et les autres, jamais entendu parler du Petit Père Combes. Aussi, comme il se doit, notre premier magistrat est-il un authentique sang-bleu, pourvu d'un arbre généalogique richement fleuri. La population, jugeant sans doute son patronyme trop lourd à prononcer, l'a affublé du sobriquet malsonnant de « Gratte-Couilles », surnom au demeurant peu recherché puisque notre maire est affligé à la partie la plus intime de son être d'un prurit aussi tenace que féroce. Mais, noblesse oblige, le seigneur des lieux tutoie tout le monde et tout un chacun lui répond la casquette à la main. Seuls quelques notables échappent à ses familiarités héréditaires.

Dans la famille du Gratte-Couilles, on est premier magistrat de père en fils depuis des générations. Lui et les siens habitent une belle gentilhommière enracinée au cœur de l'agglomération et entourée d'un grand parc. Le grand-père, un homme de tempérament, usait de son droit de cuissage sans se faire prier. On raconte à son sujet que, faisant chambre à part comme le réclament les usages, l'ancêtre était parfois saisi en pleine nuit d'un désir violent qui le poussait à s'en aller tambouriner à la porte de son épouse et à clamer à tous les vents :

« Madame la baronne... Madame la baronne, la nature vous appelle !... »

M. le maire s'efforce d'utiliser au mieux les deniers publics, s'employant à des réalisations multiples. Ce n'est pas toujours, on le sait, le meilleur moyen pour s'attirer les faveurs de la population : pourquoi a-t-on goudronné ce chemin et pas celui-là ? Pourquoi les égouts se déversent-ils ici et pas ailleurs ? Pourquoi a-t-on accordé une subvention à l'école libre et rien à la laïque ?

Je ne voudrais pas trop m'avancer, mais il me

semble que de grands bouleversements s'annoncent et le prochain mandat pourrait bien échoir à la roture... A moins que le goupillon ne s'en mêle et prête son concours au clan des hobereaux... Mais ce serait là se méprendre sur la personne de notre vénérable curé. Une âme innocente, dans tous les sens du terme...

C'est un brave homme qui a maintenant atteint un âge canonique et qui, le jour de sa prise d'habit, me paraît avoir endossé une soutane qu'il n'a pas dû quitter bien souvent depuis : comme les seuls rapports qu'il entretient avec l'eau se limitent aux bénédictions, il faut reconnaître que notre prêtre sent fort. L'évêque lui-même n'a pas réussi à le faire opter pour le costume de clergyman.

M. le curé partage sa pauvreté avec une nièce qui lui sert de gouvernante. Il me consulte régulièrement pour une rhinite chronique, car le serviteur du Bon Dieu est affligé d'un léger travers : la prise. De jour comme de nuit, et même pendant la sainte messe, ce qui relève du péché véniel.

Seulement, je ne sais par quelle aberration, le curé tient à conserver secret son petit vice. Comme il ne peut s'abstenir d'y sacrifier lorsqu'il se trouve en compagnie, l'opération donne lieu à un cérémonial immuable. Il plonge sa main droite dans la poche de cette chose qui lui sert de soutane, au fond de laquelle doit se trouver quelque tabatière. Personne ne l'a jamais vue. Il en extrait une pincée de tabac entre le pouce et l'index et attend le moment propice, les mains derrière le dos. Dès que l'interlocuteur regarde ailleurs, le voilà en action : tout en se dissimulant le visage derrière son avant-bras gauche ramené en avant, voilà que sa dextre offre aux narines frémissantes et humides une double pincée du nectar. Une oreille avertie peut alors percevoir un très léger bruit d'aspiration redoublée. Dès lors, la main droite ainsi libérée est en mesure d'essuyer la morve et les brins de tabac, au moyen de trois tapotements rapides, de haut en bas du plastron de la soutane. D'autres variantes existent, notamment lorsque le prêtre participe à une réunion mondaine. Le béret s'impose alors comme un auxiliaire essentiel.

Mais, soyons juste, cet homme que je me plais à évoquer sous ce léger travers n'en demeure pas moins un bon prêtre, attentif aux misères morales de ses ouailles, les soulageant de son mieux.

L'église dans laquelle il célèbre l'office, notre église paroissiale, conserve, malgré mille remaniements, malgré mille massacres, la touche romane du temps de sa fondation au XIe siècle. Une grande Vierge sulpicienne, peinte de bleu et argent, fichée sur le fronton en faux marbre, parachève la destruction du monument. Sur le calcaire jaune de la façade, au-dessus du tympan, un figuier s'ingénie à croître d'année en année, accroché à une fissure.

A l'intérieur, la nef bancale, bordée de quatre colonnes rondes à gauche et de trois piliers carrés à droites, me donne toujours l'impression de loucher. Je m'imagine l'église comme un immense navire qui progresserait vers les limbes à la façon des crabes...

En haut, des chapiteaux à motifs floraux ont échappé au temps et à la pioche. Un poète local composa d'ailleurs naguère une ode à leur gloire, dont un lambeau me revient en mémoire : « Vous surgissez, printemps de pierre épanoui depuis mille ans dans mon église vivaroise... » Ces chapiteaux n'ont plus de secret pour moi; je leur porte une certaine reconnaissance, car je m'abîme dans leur contemplation pendant les cérémonies interminables au déroulement desquelles je ne peux me soustraire. Je baptise, je marie, mais le plus souvent j'enterre. Ma participation aux messes des morts me met en paix avec une conscience que taquine toujours l'idée de quelque fatale erreur.

D'ordinaire, je prends place sur un banc réservé aux hommes, tout près de l'entrée. Autour de moi, les paysans ne se gênent pas pour bavarder à voix haute. Ils se passent de main en main une tabatière et y puisent des pincées considérables. Par politesse, j'en ai tâté une fois : l'église résonne encore de mes éternuements !

Devant la place des hommes, ce sont des stalles attribuées aux nobles et aux bourgeois. Elles sont d'un joli bois bien ciré, une plaque de cuivre stipule le nom du privilégié; une petite porte symbolique les sépare du reste des ouailles, une petite porte qui en dit long sur le mur dressé de tout temps entre les nantis et les bouseux malodorants...

Toutes chapeautées, les femmes, paysannes et commerçantes, se tiennent plus près du chœur, sur des chaises paillées. Devant elles, la barrière des voiles de deuil des bonnes sœurs cache les rangs agités des enfants : fillettes vêtues de tailleurs clairs, avec béret assorti, garçons étranglés par la cravate, habillés de beige, de bleu marine, de vestes aux manches trop courtes, de culottes aux jambes trop longues, reliques de quelque aîné...

L'office achevé, les hommes, grâce à leur position stratégique tout près de la porte, sont toujours les premiers à quitter l'église. Ils n'ont que la place à traverser pour se retrouver au bistrot, ce à quoi s'appliquent même les plus sobres.

Mais leurs dames, dédaignant l'atmosphère enfumée du sombre estaminet, passent leur chemin et regagnent directement le logis, cependant que les plus traditionnelles d'entre elles font une halte dominicale dans la boutique du boulanger-pâtissier, en quête d'un assortiment de religieuses et d'éclairs au chocolat. Parfois, pour une grande occasion, l'une d'elles aura la veille commandé un beau saint-honoré dont elle prendra livraison, sous les regards mi-admiratifs, mi-envieux de ses compagnes clientes.

Il est réellement délicieux d'écouter parler le boulanger et sa femme, deux paysans recyclés dans le levain, des gens au demeurant fort simples, mais dont le langage habituel s'orne de mille tournures grammaticales aussi savantes que désuètes. Ainsi, lors de notre première rencontre, je fus bien étonné d'entendre le maître boulanger s'adresser à moi en ces termes :

« Docteur, nous eussions aimé que vous vinssiez voir notre fils... »

Le plus étrange est que le brave homme, loin de réserver ce parler délicat aux personnes jugées instruites, l'emploie couramment avec sa clientèle ordinaire, laquelle, comme un seul homme, lui répond invariablement en patois.

La grand-rue relie le quartier d'en bas à celui d'en haut, l'église à la salle des fêtes. Elle est le cordon ombilical du village, son artère commerçante et la plus pourvue en débits de boisson. Tout en haut, là où la voie bifurque, est un lieu de prédilection qu'affectionnent tout particulièrement les acharnés du farniente. Un vulgaire madrier adossé au mur de la place de Russie et reposant sur quatre moellons constitue un havre de bien-être, à l'abri du vent, bien exposé aux rayons de l'après-midi.

Le « banc des fainéants » est un point de ralliement, une halte intermédiaire entre la maison et la Russie, c'est-à-dire entre la sieste et les boules. Ses occupants habituels sont ceux qui travaillent de nuit, ou très tôt le matin, sans compter quelques oisifs irréductibles. Chaque fois que je passe devant le banc, j'abaisse ma vitre et, sans ralentir, je braille à la cantonnade : « Flemmards !... vacanciers !... bons à rien !... » ou autres compliments de la même veine, auxquels le chœur me réplique invariablement des : « Charlatan !... assassin !... » C'est pour nous une façon amicale de nous saluer. On ne s'en lassera jamais.

A mesure que le jour décline, le centre des festivités se déplace et tout ce beau monde se retrouve à quelques pas de là, une boule dans chaque main, pour sacrifier au rite quotidien et quasi religieux de la pétanque, une religion qui fait beaucoup plus d'adeptes que le travail... A la décharge des aficionados, il faut reconnaître que le mauvais exemple vient de ceux qui sont censés donner le bon : le brigadier de gendarmerie en personne, escorté de son escouade, compte parmi les plus acharnés. Dès lors, comment résister à la tentation ? On ne peut quand même pas se faire attacher à son établi ! Ah ! ce bruit de carreau net et franc..., ces éclats de voix teintés d'un zeste d'accent du Sud... Alors zut ! on n'est pas des saints !... Luc, le scieur, pose son rabot, le coquetier abandonne ses fromages, Dodo le garagiste raccroche sa clef anglaise..., un coup d'œil à droite, un coup d'œil à gauche, des fois que la patronne serait dans les parages..., la voie est libre ! Et en piste jusqu'au soir.

Là-haut, ils retrouvent le brigadier et l'instituteur qui sont déjà aux prises, tandis que deux ou trois vieux observent un peu en retrait les joueurs et suivent la partie en hochant la tête.

Avec la clôture des ateliers et la fermeture des boutiques, les nouveaux arrivants sont bientôt rejoints par de conséquentes vagues de boulistes munis de leur matériel, boules et lampes de poche, car on n'y voit plus grand-chose sur la place. La nuit est tombée à mesure que la quadrette s'est enflée et le boulodrome résonne d'injures et de cris que les murs de la place répercutent aux oreilles des infortunés riverains, lesquels peuvent reconnaître, au milieu du brouhaha, le puissant organe du coquetier qui n'en manque pas une pour placer ses inévitables critiques stylistiques à l'encontre de Luc, son éternelle bête noire :

« Mais qu'est-ce que je t'ai appris, bon Dieu !... Fallait pointer !... »

Sans se démonter le moins du monde, sans même lever les yeux du cochonnet, on entend alors le Grand Luc lui répliquer :

« La ferme, coquetier !... sinon, je te fais bouffer tes saloperies de picodons ! »

Riri le menuisier manque rarement à l'appel de ces joutes. Celui-là, cela fait des années que je contemple son calvaire. Deux fois par jour, je le vois gravir l'artère qui le mène du quartier d'en bas, où il habite, à celui d'en haut où perche son atelier. Un chemin de croix qu'il ponctue d'autant de stations qu'il y a de cafés dans la grand-rue, et Dieu sait s'il y en a !

Riri, il faut le dire, manifeste une répulsion

invincible à l'égard de tout ce qui s'apparente au travail. Aussi s'efforce-t-il chaque jour à retarder le plus possible l'échéance fatale qui le conduit inexorablement vers son établi. Quant à son associé de frère, s'il ne fréquente pas les bistrots par crainte des représailles conjugales, il manifeste en revanche une nette tendance à s'assoupir régulièrement dans sa réserve de planches, où il s'est aménagé un lit douillet parmi les odorants copeaux. Mais Riri, je n'ai jamais pu encore le surprendre en flagrant délit de travail. Pourtant, Dieu sait si je l'ai guetté, si je l'ai traqué dans sa menuiserie, si j'ai surveillé ses chantiers... Peine perdue.

Le soir au village, ce n'est pas comme à la campagne. On a moins de travail, alors les gens se couchent plus tôt. Si la soirée est douce, quelques-uns s'attarderont sur leur seuil, histoire de fumer une dernière cigarette et d'échanger les potins du jour, histoire de prendre « la fraîche ». Les hommes s'assoient à califourchon sur leur chaise, le menton sur leurs bras repliés. Les dames se tiennent sur leur siège, raides comme des piquets, un petit banc sous les pieds et le tricot entre les mains, car elles, ne chôment jamais. Cela ne se fait pas. On salue les derniers passants d'un échange de propos rituels, le temps qu'il fera demain, on s'efforce de saisir un peu de l'intimité des voisins à travers les rideaux encore éclairés, puis on rentre se coucher.

Ma femme et moi, nous avons jusqu'ici conservé nos habitudes d'étudiants. Chez nous, on veille. Bien souvent nos soirées sont égayées par la venue sous notre toit de quelques jeunes du village. Leur amitié est pour nous une grande source de joie. Avec leur chaleur, ils nous amènent leurs vingt ans, leur naïveté, leur fraîcheur. Comme il se doit à leur âge, ils vont deux par deux et viennent faire cercle autour de la cheminée. Les fesses par terre, le dos contre le mur et les yeux dans les flammes, ils entourent les vénérables cathèdres du docteur et de sa dame. Au cours de la veillée, le champagne et le cognac aidant, les langues se font agiles, l'amitié nous échauffe. A ces instants-là, privilégiés entre tous, notre maison est une agora miniature où se mêlent jeunes et moins jeunes, étudiants et apprentis, tous frères dans la ferveur pour leur pays.

Ensemble, nous refaisons le monde. Un monde à nous, pour nous tout seuls. Un monde idéal et enfantin, peuplé d'artistes et de poètes, un monde sans argent et sans honneurs... La nuit nous comble de ses bienfaits tranquilles, le rêve est roi et rien ne vaut la vie. J'initie mes jeunes amis à mon goût du théâtre, leur propose les quelques rudiments de guitare que je joue. En échange, ils nous délivrent certains de leurs secrets... Quelles seront, par exemple, les fermes visitées pour cette fameuse nuit de mai qui approche à grands pas. Mais chut ! surtout ne le répétez pas !

Car, dans notre région, la tradition du « mai » s'est perpétuée, bien vivace, jusqu'à nos jours. Une nuit durant on chante à travers le pays le retour du printemps. Bien avant l'aube, des bandes joyeuses et braillardes de garçons, auxquelles se joignent quelques filles qui n'ont pas froid aux yeux, se groupent par affinités et s'éparpillent à travers le village, dans la campagne, jusqu'aux fermes les plus éloignées. Pour tout bagage, ils portent de grandes corbeilles. Aussi silencieusement que le peuvent de telles équipes, ils s'approchent des habitations, se rassemblent devant la porte et se mettent à entonner leur fameux « mai ». Un accordéon hésitant se mêle souvent aux chœurs des plus approximatifs, faute de répétitions :

Le rossignol chante là-bas sur l'olivier
Il chante nuit et jour de branche en branche
En attendant la rose bretonne
Que la rose bretonne annonce le printemps
Ah ! qu'il fait bon coucher sans couverture
Vous autres jeunes filles qui avez des amants
Qui avez des amants qui frappent à votre porte
Vous ne connaissez pas l'amitié qu'on vous porte
L'amitié qu'on vous porte c'est un joli bouquet
Des roses et des muguets réveillez-vous ma mie.

Réveillés, les habitants se prêtent à une comédie bien réglée; d'abord, on fait la sourde oreille. Le résultat ne se fait pas attendre, et l'ensemble reprend alors un second « mai » passablement explicite et un ton au-dessus :

Joli mois de mai que tu es agréable
Pour tes amants qui s'aiment tendrement
Nous ne chantons pas pour perdrix et bécasses
Ce n'est pas ça que nous demandons
Ce sont des œufs pour faire une omelette
Donnez-nous-en et nous partirons contents
Si vous n'avez pas d'œufs donnez-nous votre fille
Donnez-nous-la nous saurons bien l'employer
Nous lui ferons porter notre panier.

Si rien ne se précise alors, les coups de pied, les coups de poing s'en viennent marteler portes et fenêtres, dans une explosion délirante d'injures et de cris d'animaux. Jusqu'à ce qu'une chambre s'éclaire et que la maîtresse de maison ouvre la porte. Les enfants et le mari se montrent à sa suite, tout bâillants et les yeux ensommeillés. Et l'aubade repart de plus belle alors que l'homme invite tout le monde à prendre un verre à la maison : on se bouscule dans la cuisine en quête d'une place assise autour de la table. « Ah! mes enfants!... si on s'attendait à ça, minaude l'hôtesse, vous nous avez fait une belle peur! » Pour confirmer ses dires, elle retire du bord de la fenêtre le vin, mis bien au frais depuis la veille, dispose les assiettes de petits-beurre, sans oublier la douzaine d'œufs déjà emballés dans du papier journal qu'elle dépose délicatement dans la corbeille par-dessus les autres...

La tradition veut que l'on ne donne que des œufs. Bien sûr, une bouteille ne se refuse pas – du moins pas trop énergiquement. Cependant, les festoyeurs n'acceptent jamais d'argent. Ce n'est pas l'usage.

Coude contre coude autour de la table, chacun s'abreuve, se sustente en prévision de la prochaine étape peut-être fort lointaine, car il ne faut oublier personne, à plus forte raison les fermes isolées.

Entre deux goulées, on conte bruyamment les péripéties de la nuit, en ponctuant ses dires d'éclats de rire intempestifs et de singeries. Pilou qui a eu le pantalon déchiré par le chien des Pojot, cet escogriffe de Pierrot qui s'est affalé dans la corbeille... Un dernier verre, et la bande se perd dans la nuit. Les hôtes remettent un peu d'ordre dans la cuisine dans l'attente d'une nouvelle vague... Plus on a de visites, plus on est honoré, plus on se sent apprécié.

Il va sans dire qu'à ce rythme la nuit et la journée qui suit ne ménagent guère les jambes, les cordes vocales et les estomacs... Au fil des heures, au fil des fermes, les chœurs passablement harmonieux du début se muent inexorablement en d'affreux braillements d'ivrognes, tandis que les fossés s'emplissent des moins résistants pour un séjour bien mérité et même agréable. En mai, les nuits sont presque douces.

Pour les rescapés, la fête se termine en apothéose la nuit suivante chez l'un d'eux. Là, on prépare sur les braises une gigantesque omelette que l'on fait glisser par d'ultimes goulées d'un vin glané çà et là. Puis, soûlé de fatigue, d'insomnie et d'alcool, le dernier carré s'écroule enfin, l'aube venue, qui sur un coin de table, qui dans la grange, qui dans l'étable. Et à l'année prochaine.

Alors que la célébration du « mai » revient aux jeunes adultes, le mardi gras demeure le privilège des enfants. Ce jour-là est un jour béni pour eux; on prépare l'événement longtemps à l'avance.

Les plus chanceux pillent les grandes malles du grenier familial et s'emparent des trésors qu'elles renferment : soieries, dentelles, chapeaux, renards et autres fanfreluches. Les gamins apportent une touche finale à leur déguisement par un masque de carton-pâte représentant le plus souvent un animal ou un personnage folklorique. Le matin du grand jour, garçons et filles, ainsi affublés, s'en viennent frapper à chaque porte et se plantent là sans piper mot. Le jeu consiste à découvrir leur identité, et, bien entendu, à feindre de se tromper grossièrement, ce qui déclenche l'hilarité des enfants qui s'esbaudissent de vos bévues.

Pour les faire quitter les lieux, on leur glisse quelques pièces de menue monnaie qu'ils s'empressent d'aller convertir en caramels, bâtons de réglisse et berlingots. Le manège se répète tout au long de la journée, les maisons généreuses étant, cela s'entend, les plus sollicitées.

Pour l'avant-dernier mardi gras, ma femme avait ouvert la porte plus souvent encore qu'à l'habitude. Quand, sur le soir, survient un nouveau coup de sonnette qui la met nez à nez avec trois garnements accroupis sur la terrasse. Comme ceux-ci avaient fait preuve d'originalité — ils s'étaient déguisés en fantômes, cagoule, suaire et lourdes chaînes à l'appui — elle ne manqua pas de leur en faire compliment et déclara reconnaître le jeune Alain et son petit copain Jean-Pierre. De façon à mettre un terme à l'entretien, mon épouse glissa dans la main de l'un d'eux une grosse pièce d'un franc : « Tiens..., tu t'achèteras de la réglisse. » A son geste plein de générosité répondirent quelques gloussements étouffés qu'elle assimila à des manifestations de joie jusqu'à ce qu'elle aperçut les revenants déplier leur mètre quatre-vingts puis s'enfuir sur la route en hurlant dans un fracas de chaînes...

Le lendemain, le coquetier, le maçon et l'employé de la Banque Bechetoile racontaient leur odyssée à tout le village, exhibant, à titre de pièce à conviction, la monnaie que l'on envisagea même de faire encadrer! Dans le quartier de la Russie, on en rit encore.

Comme il fait bon vivre dans ce coin de Saint-Sébastien, dans cet espace où l'amitié sait encore exister... C'est une sorte de commune libre, façon ardéchoise, un village dans le village.

C'est sur cette place de Russie que, tous les ans au mois d'octobre, nous organisons la « rôtie » de châtaignes. Je dis « nous », mais, pour être honnête, je dois reconnaître que ma participation aux manœuvres se cantonne à une activité purement gustative... L'organisation de la rôtie reste l'affaire de Robert le coquetier, de Dodo le garagiste, de Pierre, mon ami forestier, et de Loulou le maçon, assistés de quelques habitués de la place.

A Robert incombe l'approvisionnement en châtaignes. La veille du grand soir, il s'en est allé par les bois et en a rapporté une pleine cagette, brillantes et dodues, coiffées de leur aigrette. Pierre, lui, en sa qualité de tastevin, a été dépêché à Empurosc d'où il a rapporté, triomphant, un tonneau de trente litres de vin, de celui qui mûrit sur les pentes du Doux. Loulou aura fourni planches et fagots pour alimenter le brasier et Dodo, de son côté, se sera employé à transformer un capot de 2 CV tout cabossé en une poêle géante, à grands coups de marteau et de tournevis...

Alors, le soir venu, la fête pourra commencer. Autour de Robert, grand maître des cérémonies, le cercle s'est formé. Robert, personne ne conteste son autorité. C'est un fait acquis, il réussit les meilleures rôties du canton.

Le feu illumine la soirée d'automne déjà fraîche. Tout autour, une trentaine d'ombres se sont rassemblées. Les enfants sont aussi de la partie. Bien emmitouflés, ils tendent leurs mains aux flammes qui leur lèchent les yeux.

La rôtie, c'est une ronde où l'amitié est reine, où chacun est là pour le plaisir d'être ensemble, à rire, à chanter, à se congratuler d'avoir le bon goût d'être en vie, en toute simplicité.

L'atmosphère commence, bien sûr, par empester la peinture du capot qui se craquelle sous la flamme; ça tousse, on s'étouffe, on se donne des bourrades dans le dos; puis, peu à peu, le métal se décide à rougir. Robert peut alors entrer en action : il lâche une première fournée de châtaignes sous les vivats de l'assistance. Avec une pelle à charbon, il les tourne, les retourne sans cesse, les ramasse, les hume, les examine, les laisse retomber en cascades sonnantes, d'où jaillissent d'étincelantes escarbilles. Le cercle, captivé par son art savant, s'est resserré à ses côtés. Les yeux picotent et pleurent, les mains brûlent et le dos frissonne.

Enfin, Robert me tend la pelle où crépitent une douzaine de châtaignes. Insigne honneur, c'est à moi qu'échoit le verdict. Pourquoi moi? Je me plais à voir dans ce geste touchant un témoignage d'amitié pour quelqu'un qui a tenté de devenir un des leurs à part entière. Peut-être est-ce moins simple, je l'ignore. Toujours est-il que je me brûle copieusement les doigts; je souffle sur la châtaigne d'une main à l'autre; enfin décortiquée, je la porte à ma bouche et prends l'air inspiré du tasteur. Trente paires d'yeux me scrutent, m'interrogent, pantelants. Je prolonge à plaisir cet instant pathétique, l'œil vague, concentré dans mon effort. Finalement, je n'y tiens plus et je craque : « Excellent! Sublime! Divin! »

En place pour les hostilités amicales : des mains se tendent vers la pelle, de plus en plus hardies, mais Robert, toujours galant, décrète : « La première pelletée pour ces dames. »

Petit à petit, le centre d'intérêt se déplace de quelques pas, en direction du tonneau qui repose sur une « chèvre ». Là, en revanche, priorité aux hommes, cela va de soi. Les châtaignes, c'est bien connu, dessèchent terriblement le gosier. Je me souviens du dicton que ma mère, Lozérienne, nous répétait souvent : « Dix castagnes, vingt verres de vin. » C'est tout dire. Et ici, comme on n'a prévu que deux malheureux verres à moutarde, boire est aussi un spectacle qui réjouit fort l'assistance. Les dames font des mines pour s'approcher du tonneau. Il faut que leurs hommes les y tirent de force. Pensez donc! Boire du rouge en public!... comme une pocharde!...

Mon épouse est entraînée manu militari par un bras musclé qui lui plante un verre dans la main, le maintenant sous le robinet. Catastrophe! elle retire trop prestement le verre et le précieux liquide s'écoule lamentablement par terre... Hurlements! sacrilège! ma femme boit et fait la grimace — elle n'aime pas le vin. Même si cela n'était, une femme doit faire semblant de ne pas aimer. C'est bien vu. Aussi, chacune y va-t-elle de son petit couplet : « Assez..., assez!... je vais être soûle! » Personne n'est dupe mais l'honneur est sauf.

Le vent d'octobre commence à fraîchir, on le sent plus vif dans le dos et aux mains; mais autour du tonneau les esprits s'échauffent, les voix claironnent; les verres passent de main en main à une cadence désormais fort soutenue. Le brigadier de gendarmerie, peu habitué à de telles libations — un étranger au pays — est passablement éméché. Toujours en uniforme, il me bourre le dos de grandes tapes et m'assure de son amitié euphorique par des : « Sacré toubib! sacré toubib! » Ne sachant jusqu'où iraient ses incartades, une âme prudente juge alors plus convenable de le charger dans sa voiture pour le raccompagner à la brigade toute proche... Demain, il aura l'air gêné; après-demain, personne n'y songera plus.

Comme d'ordinaire, Pierre a été un peu juste pour les prévisions. Le tonneau tire à sa fin; il faut pencher la chèvre pour soutirer un mince filet de vin. Peu à peu, le cercle se rétrécit. Les femmes se sont « rentrées » avec leurs enfants à moitié endormis et frigorifiés. Le foyer s'étiole, fumaille un brin. Au fond du capot, quelques châtaignes rescapées finissent de se carboniser. On reste entre hommes autour de la barrique presque vide. Le vent a tourné et pousse de lourds nuages qui éteignent la lune. Tout s'assombrit. La fumée nous poursuit et nous chasse un peu plus loin, les yeux larmoyants. L'un de nous, sans conviction, jette quelques brindilles sur le foyer. Les mots se font plus rares et le verre a ralenti sa course; il fait mollement le tour. Le cœur n'y est plus. Alors, avant de se séparer, le dernier cercle boit un dernier coup, et, dans l'ombre retrouvée, chacun pisse, les yeux dans les nues. Demain, ça se pourrait qu'il pleuve.

J'ai déjà évoqué mon goût pour le théâtre. Il faut savoir que notre modeste village, alors que rien ne le prédisposait à une telle vocation, a connu avant la dernière guerre son heure de gloire théâtrale sous l'impulsion de lettrés et d'amis des arts égarés à mi-pente des monts du Vivarais. Des célébrités — et non des moindres — vinrent apporter leurs encouragements et leur caution à une entreprise qui ne disparut qu'avec la débâcle.

Nous sommes quelques-uns au pays à avoir tenté de relever leur glorieux flambeau. Avec le concours d'estivants dévoués, nous essayons de renouer avec la tradition. Ainsi, une fois l'an, au mois d'août, nous ressuscitons les classiques.

Donc, en plein été, je répète Molière entre une angine et une diarrhée estivale. De temps à autre, Rosa, ma messagère funeste, m'annonce au bas de la terrasse où se tiennent les répétitions :

« Docteur, on vous demande aux Avants... »

Alors, au beau milieu d'une réplique tortueuse, je suis bien forcé de planter là mon metteur en scène et de troquer la perruque de Géronte pour le bonnet pointu. Il semblerait que je sois voué à vie aux personnages de Molière... Au volant, entre deux virages, d'une visite à l'autre, je continue à mémoriser mon texte et me rabâche en solitaire la fameuse scène entre Zerbinette et Géronte, ou le duo de Jacqueline et Lucas, selon les années.

A l'affiche de notre dernier spectacle, en août dernier, *Les Fourberies de Scapin*. Pour la première, je dois reconnaître que nous avons été gâtés. Ce soir-là, comme souvent en août, le ciel pesait lourd. Je m'y vois encore. Les nues promenaient des nuages menaçants. Au loin, un orage grondait, nous faisant craindre le pire. Nous jouons bien entendu en plein air. Pleuvra, pleuvra pas ? De toute façon, le sort en est jeté, les spectateurs sont déjà en place. Au premier rang, le député, le maire, le curé; bref, tous les gens qui entrent sans payer et vous honorent de leur présence. Juste derrière les notables, les meilleures places sont occupées par les vacanciers qui se congratulent d'un rang à l'autre, s'envoyant mille civilités. Derrière, tout derrière, les habitants du village et des alentours, discrets, paisibles. A croire que ce sont eux les étrangers...

Le théâtre à ciel ouvert est plein d'impondérables. Dès les premières répliques, le grincheux de service fait mugir un transistor sur le rebord de sa fenêtre, manière d'enquiquiner le monde. En costume de Géronte, je parlemente avec le misanthrope. Par chance, c'est un de mes clients. La main sur le cœur, des trémolos dans la gorge, je supplie, j'implore :

« Allons, un bon geste..., faites ça pour mes amis... »

Aussitôt, la radio se tait et la fenêtre se referme. Mais, bien vite, le désordre s'instaure : un énorme lucane, attiré par les projecteurs, vient se loger dans le cou de notre doyen. Atrocement chatouillé, celui-ci se met à bafouiller, à trépigner, à s'agiter comme un damné et massacre sa tirade. Scapin, emporté par sa fougue, survolté par son rôle, galope en tous sens et saute sur un praticable qui s'écroule à moitié... Notre machiniste, un homme de ressource, bondit et maintient l'édifice sur son dos... Ça durera ce que ça durera... Voilà, c'est à moi :

« Mais que diable allait-il faire dans cette... »

C'était trop beau! ma réplique m'est soufflée par la sirène d'incendie qui se met à hurler sur le toit de la mairie, à moins de cent mètres de la scène... Engloutis sous le vacarme, noyés de ridicule, nous songeons à ficher le camp... Pas un ne bouge, nous gardons la pose. Enfin la sirène se tait, je reprends ma réplique comme si de rien n'était. Malheur! nouveau coup de sirène qui me recoupe le sifflet! Sûrement un gros incendie... Un de nos acteurs, pompier de surcroît, ne peut résister à l'appel de la sirène; il lance sa défroque en coulisse et s'esbigne en courant. Qu'importe! le metteur en scène s'en empare, il improvisera. Il en a vu d'autres.

La scène finale arrive avec les premières gouttes qui font exploser un projecteur surchauffé. Une peccadille! Seigneur, faites que nous tenions jusqu'à l'orage... Ouf! c'est gagné!

Toute la troupe sort éreintée de l'épreuve, nous sommes complètement liquidés. Pourtant, autour de la table qui nous réunit pour un souper, il y a toujours un ingénu qui demande :

« Et l'an prochain, qu'est-ce qu'on joue ? »

Ces quelques journées privilégiées où il se passe quelque chose à Saint-Sébastien, ce sont pour moi des moments uniques, des instants d'une précieuse évasion. Je les cultive avec tout le reste de jeunesse que la burle n'a pas encore englouti en ses tourbillons; je m'y accroche avec toute ma ferveur, avec mon goût de vivre.

L'hiver vient assez tôt dans le haut Vivarais : une route enneigée et, au bout de la route, des naufragés qui m'appellent au secours.

ÉPILOGUE

J'AI vécu douze ans au rythme de la burle. Douze années d'une vie de forçat qui m'ont marqué à jamais. Jusqu'à ce matin de 1970 où j'ai laissé la clef sous la porte vers un ciel plus clément. Je n'en pouvais plus de voir ma vie couler sans dormir, de ne jamais approcher les enfants qui grandissaient sous mon toit et que je ne connaissais pas. Je voulais dormir, je voulais ne plus avoir *peur*, je voulais vivre, enfin. Le dernier mois de mon enfer à Saint-Sébastien, je ne me souviens pas m'être assis une seule fois à table. Je travaillais plus de cent heures par semaine. Le dimanche, lorsque j'avais le malheur de ne pas m'éclipser en promenade, les clients, refluées par ma femme, grimpaient dans la maison par les fenêtres. Mes nuits étaient hantées. A ce rythme, je savais que mes jours étaient comptés.

Alors, dans un sursaut de lucidité, nous avons bouclé nos valises, et nous sommes partis. Comme des voleurs. Comme les jeunes du pays qui sont allés grossir les villes, moi aussi j'ai trahi. J'ai abandonné mes vieux. La burle a eu raison de mes forces.

Nous autres, médecins des écarts des années 50 à 70, avons été les plus mal lotis. Auparavant, les générations qui nous avaient précédés pratiquaient une médecine beaucoup plus paisible. Il n'y avait alors aucun semblant de Sécurité sociale; les gens étaient pauvres, se soigner était coûteux. En ces temps-là, les praticiens faisaient quatre visites par jour, cinq peut-être. Avec les réformes sociales, la situation se retourna brusquement, pour le bien des malades, pour le malheur des médecins de campagne qui n'étaient en aucune mesure préparés à l'assaut des patients.

Aujourd'hui, depuis 1970 environ, le métier a changé. L'hospitalisation n'est plus un drame, on y a recours beaucoup plus librement, comme il est devenu fort rare qu'on accouche à domicile.

D'autre part, les confrères, moins bêtes que nous, se sont organisés en tours de garde, ce qui leur autorise quelque loisir.

Je sais qu'à Saint-Sébastien c'est ainsi que cela se passe depuis mon départ. Je le sais, car je ne peux m'empêcher de monter de temps en temps par là-haut, pour le plaisir de revoir les amis qui sont encore en vie, pour découvrir *enfin* ce pays que je n'avais jamais vu qu'à travers les vitres de ma voiture, pour savourer l'amertume de ma trahison.

IMPRIMÉ EN FRANCE PAR BUSSIÈRE (3012).
18200 Saint-Amand-Montrond
LIBRAIRIE GÉNÉRALE FRANÇAISE 14, rue de l'Ancienne-Comédie - Paris
ISBN 2-253-03376-6

30/5878/1